완벽하지는 않지만 괜찮은 여행

서두르지 않고 천천히, 유쾌한 노부부의 여행 이야기
완벽하지는 않지만 괜찮은 여행

초판 1쇄 인쇄 2018년 8월 24일
초판 1쇄 발행 2018년 8월 30일

지은이 홍일곤, 강영수

발행인 백유미 조영석
발행처 (주)라온아시아
주소 서울시 서초구 효령로 34길 4, 프린스효령빌딩 5F

등록 2016년 7월 5일 제 2016-000141호
전화 070-7600-8230 **팩스** 070-4754-2473

값 13,800**원**
ISBN 979-11-89089-30-6 03810

※ 라온북은 (주)라온아시아의 퍼스널 브랜딩 브랜드입니다.

라온북은 독자 여러분의 소중한 원고를 기다리고 있습니다. (raonbook@raonasia.co.kr)

서두르지 않고 천천히, 유쾌한 노부부의 여행 이야기

완벽하지는 않지만 괜찮은 여행

홍일곤 · 강영수 지음

RAON BOOK

머리말

지금 시작해도 늦지 않다

"나도 할 수 있구나."

산티아고 순례길을 걷고 나서 아내가 독백처럼 내뱉은 말이다. 몇 킬로미터를 걷기도 쉽지 않은 나이에 한 달여 동안 몇백 킬로미터를 걷고 나니 젊은 시절 이후 한동안 느끼지 못했던 성취감과 자신감이 되살아난 듯했다. 하물며 생활의 반경이 점점 좁아지는 나이에 지구 반대편에서 우리나라보다 넓은 땅을 걸었으니 말이다. 몇백 미터 높이의 산 정상에만 올라도 뿌듯함이 벅차오르지 않던가. 1천 년 동안 수많은 사람들의 발길이 닿았을 그 길을 걸으면서 우리는 지난 삶을 되돌아보는 시간을 가졌다. 산티아고 순례길이 우리 부부의 첫 배낭여행은 아니었지만 함께하는 여행의 진정한 의미를 깨닫는 계기가 되었던 듯하다.

버킷 리스트를 적어보라고 하면 꼭 포함되는 것이 여행인 만큼 여행의 좋은 점을 일일이 늘어놓지 않아도 될 것이다. 일상을 벗어난다는 것이 어떤 기분인지 누구나 한 번쯤은 느껴보았을 것이다. 잠시 벗어났다 다시 돌아온 일상은 더욱 풍성해지게 마련이다. 우리는 그러한 기분을 조금 늦은 나이에 경험하고 있다.

몇 년 사이에 우리가 함께한 여행에서 즐거웠던 일 못지않게 힘들고 괴로운 순간들도 많았다. 하지만 그러한 순간조차 지나고 나면 더없이 즐거운 추억으로 돌아오는 것이 여행의 묘미다. 나이가 들수록 부부간에 대화가 줄어든다고 하는데 우리는 여행 이야기를 하다 보니 점점 더 대화가 늘어났다.

아직도 젊다고 큰소리는 치고 있지만 마음뿐인 것이 사실이다. 늘 청년에 머물러 있는 마음과 달리 몸은 한 해 한 해 다름을 느낀다. 하지만 여행의 즐거움을 만끽하는 사이 소소한 일상의 스트레스가 끼어들 틈이 없는 것은 사실이다.

주위의 많은 사람들이 우리의 여행을 부러워하는 것을 보면 사람들의 마음이 다 비슷하리라. 우리가 특별한 마음이나 특별한 육체를 타고난 것은 아니다. 그저 평범한 우리나잇대 사람들일 뿐이다. 우리가 할 수 있다면 보통 사람들 누구나 할 수 있다. 나이 들었다는 인식에 갇혀 있기보다 더 많은 나라로 나가서 더 많은 것들을 경험해 보기를 권한다. 세상은 나이를 따지지 않는다. 어디를 가든 우리를 반길 것이다. 우리에게 필요한 것은 떠나고자 하는 마음, 그뿐이다. 주변에서 여행을 떠나는 우리 부부를 보고 부러워하는 이들이 많다. 그들에게 전해주고 싶은 말이 있다.

"할 수 있다."

무엇이든 할 수 있다. 나이가 들어서, 돈이 없어서, 언어가 안 돼서라는 것은 사실 크게 문제 되지 않는다. 언어는 모르면 사전을 찾아 배우면 되고, 길을 못 찾으면 누구에게 물어보아도 친절하게 알려준다. 현지 시장에서 식재료를 사면 비싸지도 않고, 여행을 하다 좀 피곤하면 하루 쉬고 다시 여행을 떠나면 된다. 여행이 좋은 이유는 여행을 떠나 보면 알게 되는 것이 정말 많기 때문이다. 역사, 문화, 사람들…. 그리고 '나도 할 수 있구나'를 알게 된다. 그렇다. 할 수 있다!

우리 부부의 낭만 여행

처음 여행을 시작하게 된 계기는 우리 부부만의 독특한 삶의 방식에 기인한 것이었다. 우리는 각자의 일과 직장 때문에 오랫동안 떨어져 생활했다. 쉽게 말하자면 주말 부부라고 할 수 있다. 40년이 넘는 결혼 생활 가운데 한집에서 산 기간이 절반도 안 되지만, 별문제 없이 집안 대소사를 챙기고 아이를 키우고 사회생활을 했다.

아내보다 조금 먼저 현업에서 손을 놓은 나는 혼자 세계 이곳저곳을 여행했다. 그러다 손주들과 며느리를 데리고 스페인과 포르투갈을 돌아본 뒤 다른 가족들은 한국으로 돌려보내고 바르셀로나 공항에 남겨진 것이 단둘만의 첫 배낭여행이었다. 원래는 지중해의 아름다운 섬 몰타로 갈 계획이었으나 비행기 예약이 잘못되는 바람에 우리는 갑자기 오갈 데 없는 신세로 낯선 공항 로비에 우두커니 서 있게 되었다. 그때 갑자기 선택한 곳이 요르단이었다. 고대 도시 페트라를 볼 수 있다는 생각에 몹시 들떠 있었던 나와 달리 아내는 매우 불안해했다. 아내는 요즘도 가끔 "요르단으로 갈 때 얼마나 겁이 났는지 몰라요." 하고 말한다. 말 한마디 통하지 않는 이름도 생소한 낯선 나라로 간다니. 그러나 그곳에서 우리 부부는 소중한 경험들을 했다.

그리고 친구와 같이 간 중국 여행, 산티아고 순례길… 유럽, 중앙아메리카를 누비다 보니 어느새 세계 대부분을 여행하게 되었다. 짧게는 한 달에서 길게는 4개월가량 해외에 머물면서 삶의 즐거움을 찾게 되었다. 여행을 다니며 우리 부부만 보기 아까워 사진과 여행지에서 있었던 일, 감상을 적어 카카오톡으로 보낸 글이 친구들 사이에 화제로 오르내렸고, 나중에 해외여행 가이드를 해달라는 이야기도 많이 들었다. 그리고 이제 몇 년 동안 여행한 글들을 모아 책으로 내려니 감회가 새롭다. 여행지에서 찍은 사진도 많았는데, 시골집에 불이 나면서 대부분 소실돼 이 책에 싣지 못하는 것이 안타깝다. 책으로 내기 위해 친구들, 가족들에게 보냈던 사진을 다시 받기도 하고 글을 정리하는 데도 도움을 많이 받았다. 우리 여행 글을 늘 재미있게 읽어주고 평을 해주는 친구들에게, 도움을 준 사람들에게 고마움을 전한다.

자식의 삶과 내 삶은 다르다

나이 들어 여행을 떠나려면 세 가지가 없어야 한다. 첫째, 건강 걱정, 둘째, 자식 걱정, 셋째, 시간 걱정이다. 집안에 부모나 자식 걱정이 없어야 한다.

요즘 우리나라 노년의 삶을 대변하는 단어가 있다. 바로 황혼 육아이다. 평생 자식 뒷바라지를 하고 나서 맞이한 노년에는 손주 뒷바라지가 기다리고 있다. 하지만 단지 아이를 키워주는 일에 국한되는 일은 아니다. 자식이 성인이 되어도 자신이 이것저것 챙기지 않으면 아무것도 못 하는 것처럼 전전긍긍하는 부모들도 있다. 그러다 보면 나이가 들수록 자식에게 의존하게 된다.

자식과 부모가 서로의 삶에 얽매이다 보면 결코 자유로울 수 없고, 어느 순간 부담으로 작용하게 된다. 자식의 삶과 내 삶이 같을 수는 없다. 내가 자식을 놓아주어야 자식도 부모에 대한 부담을 덜 수 있다. 자식이 성인이 되었을 때는 서로 사랑하는 마음만 전하는 것으로 관계를 정립하는 것이 바람직하다고 생각한다.

호기심이 삶의 활력이다

사람마다 다르겠지만 내가 여행을 좋아하는 이유는 무엇보다 타고난 호기심 때문이다. 그러다 보니 뭔가를 새로 알게 되었을 때만큼 기쁨을 느끼는 순간이 없다. 사진에서 본 풍경을 실제로 보면 어떨까, 책에서 보던 것들 외에 또 다른 뭔가가 있을까? 이런 생각을 하며 여행을 떠난다. 그러나 반대로 여행하면서 더욱 호기심이 생기는 것인지도 모른다. 익숙한 환경을 벗어나 낯선 곳에 가면 무엇이든 특이하고 이상해 보이니 당연히 궁금한 것이 생기기 마련이다.

산 너머에는 무엇이 있을까? 바다 건너에는 무엇이 있

을까? 이러한 호기심으로 떠난 여행에서 인간은 다른 마을을 발견하고, 다른 대륙을 발견했다. 호기심을 가지는 만큼 내 삶의 반경이 점점 넓어진다. 알바니아, 요르단, 코스타리카… 한 곳 한 곳 여행하다 보면 세계는 점점 좁아지고, 어느 순간 자신이 세상을 품은 것과 같은 경험을 하게 될 것이다. 이 얼마나 경이로운 일인가!

아이들이 잠시도 쉬지 않고 움직이는 것은 호기심 때문이다. 아이들의 눈에는 이 세상이 궁금한 것투성이고, 그것을 알아보기 위해 만져보고 뛰어다니며 끊임없이 뭔가를 한다. 나이가 들수록 호기심은 줄어들게 마련이다. 60~70년 가까이 살아오다 보면 익숙한 것들이 더 많아지기 때문이다. 무엇을 보든 그러려니 하는 것이다.

아흔 살을 훨씬 넘긴 노학자의 강의를 들은 적이 있다. 그는 아흔 살이 넘을 때까지 살게 될 줄 몰랐는데, 늦게라도 다른 공부를 시작했다면 지금쯤 어떤 경지에 올랐을 거라고 이야기했다. 한 분야에서 10년간 몸담으면 전문가가 될 수 있다고 한다. 60세 전후로 세상을 뜨던 시대에는 노년의 삶은 생각할 필요가 없었다. 하지만 지금 기대 수명은 80세를 훌쩍 넘기고 있다. 은퇴 이후 20~30년의 세월이 남아 있다는 것이다. 이것은 평생 사회활동을 한 시간에 거의 맞먹는다.

할 일 없이 쉬면서 보내기에는 아주 긴 시간이다. 꿈을 접고, 하고 싶은 것들을 포기하며 일상에 안주하기에는 너무나 아까운 시간이다. 다시 말해 뭔가를 시작하기에 결코 늦은 시간이 아니라는 뜻이다. 어떻게 보면 부모로서, 사회인으로서 의무를 다하고 홀가분하게 자기만의 시간을 가질 수 있는 선물과도 같은 소중한 시간이다. 여행을 하든 새로운 것을 배우든 상관없다. 나이 따위 잊어버리고 자신이 가치 있다고 생각하는 것에 매달려보자.

"여행은 정신을 다시 젊어지게 하는 샘이다." 안데르센의 말이다. 여행을 하면서 우리 부부는 계획했던 대로 되지 않는 경험을 많이 했다. 물어물어 찾아간 박물관이 마침 쉬는 날이라 보지 못한 날도 있었고, 가고 싶었던 여행지에 문제가 생겨 갑자기 일정을 변경해야 한 적도 있다. 그러나 원하는 목적지에 가고 꼭 그곳을 봐야 행복해지는 건 아니다. 그 여행을 계획하는 동안, 여행하는 순간순간 행복을 느꼈고 다시 젊어지는 기분이었다. 우리 부부가 여행지에서 느꼈던 그 행복이, 설렘과 기대감, 감동들이 이 책을 읽는 여러분에게도 전해지기를 바란다.

목차

머리말 지금 시작해도 늦지 않다 · 6
시작하면서 여행의 이유, 자신을 돌아보다 · 16

1장 | 지구 반대편에서 우리를 기다리는 사람들

낯설지만 뭔가 있는 나라 알바니아 · 29
유레카의 도시 시라쿠사 · 49
밀라노에서 만난 〈최후의 만찬〉 · 59
묵묵히 걷는 산티아고 순례길 · 65
여행이라는 유산 · 72

2장 | 두려움을 넘어서면 즐거움이 보인다

불행과 우연이 선사한 요르단 여행 · 89
여전히 살아 있는 아테네 · 102
천년을 넘어서는 서러움, 스파르타 · 106
그리스 열차의 비밀을 풀어라 · 113
사라진 신들의 도시, 델피 · 121
마케도니아 산책 · 130

3장 | 아시아 더 넓은 광야로

광활한 대지의 나라, 몽골 · 139
보고, 듣고, 느끼고, 즐기는 중국 · 148

Travel

4장 | 친절이 넘쳐나는 동남아 지역

손길이 닿지 않은 자연, 인도네시아 · 161
꿈같은 이야기, 꿈같은 곳 말레이시아 · 179
멩라이의 치앙마이, 치앙라이 · 184
미소의 나라, 라오스 · 188
말이 통하지 않아도 괜찮아, 베트남 · 197

5장 | 다름과 모름 사이, 아메리카

지구를 느끼는 순간, 미국 · 205
걱정일랑 테킬라 한 잔에 털어버리고, 멕시코 · 213

6장 | 여행의 맛을 제대로 느낀 중앙아메리카

혁명을 추억하는 쿠바 · 227
문을 잠그는 나라, 자메이카 · 234
애달픈 섬, 도미니카·아이티 · 239
풍요로움의 의미, 파나마·코스타리카 · 246

부록 여행을 떠나기 전에 알아두어야 할 것들 · 257

여행의 이유, 자신을 돌아보다

“가장 위대한 여행은 지구를 열 바퀴 도는 여행이 아니라 단 한 차례라도 자기 자신을 돌아보는 여행이다.” 인도 건국의 아버지로 불리는 마하트마 간디의 말이다.

여행을 하면 새로운 풍경을 보고, 다른 문화를 접할 수 있어서 좋다. 또 자신을 되돌아보게 되는 계기가 된다는 점에서 좋다. ‘나의 기원은 어디인가?’ 여행을 떠나기 전 다소 철학적인 질문을 던져봤다. 역사를 살펴보면 우리나라 성씨는 상당수가 중국에서 건너온 것이다. 김수로왕을 시조로 하는 ‘김씨’나 박혁거세를 시조로 하는 ‘박씨’처럼 우리나라 고유의 성씨도 있지만, 대명(大明) 조정의 한림학사 최금산(崔今山) 선생이 조선으로 귀화하면서 시작된 ‘최씨’처럼 중국에서 넘어온 성씨가 대부분이다. 나와 친한 친구 최사또의 집안이 바로 이 최금산 선생에서 시작되었다. 산시성의 성도인 타이위안(2500년 전 춘추시대에 진(晉)나라의 근거지)에서 살던 최금산 선생은 오랑캐로 불리던 여진족이 세운 금나라가 청나라(후금)을 세우고 명나라가 망해가자 이를 보다 못해 선조 22년(1589년)에 조선으로 넘어왔다고 한다.

나는 친구인 최사또 부부와 성씨의 근원을 찾아 여행을 떠나보기로 했다. 시조의 고향을 찾아 역사를 돌아보고, 윈강석굴을 비롯해 산시성의 유적지도 돌아보기로 한 것이다.

기원을 찾아가는 길

최사또 부부와 함께 성씨 기원을 찾아 떠난 여행은 처음부터 생각지도 못한 일들의 연속이었다.

여행 경험이 많은 내가 가이드 겸 모든 것을 맡았다. 그런데 나는 나 혼자 여행하던 습관대로 교통이나 숙박을 예약하지 않고 현지에서 알아볼 심산으로 떠났다. 우선 부산 김해공항을 출발해 산둥성 칭다오에 도착했다. 하지만 그날은 타이위안행 비행 스케줄이 모두 끝난 상황이었다. 우리는 할 수 없이 공항 내에 있는 여행사에서 숙소를 알아보고 가까운 푸안루(普安路) 근처에서 하룻밤을 묵고, 다음 날 아침 일찍 타이위안으로 출발했다.

타이위안에서 렌터카를 빌리기로 했는데, 현지에서 하오 씨라는 사람을 만나 그가 운전하는 차를 이용하기로 했다. 다퉁(大同)으로 향하던 우리는 유명한 응현목탑을 둘러보았다. 응현목탑은 세계 최대의 목탑으로 못 하나 쓰지 않고 지어졌다는데, 1305년 대지진으로 주변 가옥이 5천 채 넘게 쓰러지는 가운데서도 혼자 무너지지 않았다고 한다. 옛날 사람이 지은 응현목답이 1천 년 넘게 그 자리에 서서 관광객을 맞이하고 있다.

목탑을 구경하고 나오니 하오 씨가 보이지 않았다. 짐도 모두 자동차에 두고 나왔는데, 사람이 보이지 않아 모두 사색이 되어 어찌할 바를 몰랐다. 혹시 도망간 건 아닌지, 그랬다면 어떻게 해야 할지, 모두 사색이 되어 고민하는 중에 하오 씨가 나타났다. 하오 씨는 휴대전화가 고장 나 잠깐 수리점에 가 있었다고 했다. 생전 처음 보는 사람을 무작정 믿기도 쉽지 않지만, 우리 마음속에 중국인은 믿기 어렵다는 선입견이 있었던 듯하다.

다퉁의 원강석굴, 쉬안쿵사, 우타이산

2500년의 역사를 가진 다퉁은 오래된 건축물과 유적이

3천 개가 넘을 정도로 볼거리가 많은 곳이다. 다퉁에서 유명한 관광지로는 윈강석굴과 쉬안쿵사, 우타이 산(오대산) 등이 있다. 숙소에 짐을 풀고 맨 먼저 들른 곳은 화옌사(华严寺)이다. 화옌사는 거란족이 세운 나라 요나라(1038년) 때 창건됐는데, 화재로 소실된 것을 100년 뒤에 다시 세운 것이라고 한다.

산시성 다퉁 서쪽에 있는 윈강석굴은 세계사 교과서에도 소개될 정도로 유명한 곳으로 둔황석굴(막고굴)과 뤄양의 룽먼석굴과 함께 중국의 3대 석굴 중 하나이다. 석굴의 전체 길이는 1킬로미터에 이르고, 석굴이 42개나 되며, 높이가 17미터에 이르는 불상도 있다. 불심이 얼마나 깊었기에 저렇게 사암의 낭떠러지를 깎아 굴을 만들고, 굴속의 바윗덩이를 깎아서 불상을 만들었을까. 입구의 벽면에도 작은 불상이 빼곡히 새겨져 있는데, 그 수를 헤아릴 수 없었다.

다퉁에서 한 시간 정도 걸리는 쉬안쿵사(懸空寺, 현공사)는 하늘에 매달린 사원이라 불릴 만큼 50미터 높이의 깎아지른 절벽에 지어진 절이다. 자연 바위를 파서 목재를 끼워 넣은 것처럼 지어진 건물들이 절묘하게 연결되어 있다. 쉬안쿵사를 보고 우타이 산(五臺山)으로 가는 길은 4월 중순인데도 춥고 눈발까지 휘날리더니 어둠이 내릴수록 더욱 거센

눈발이 휘몰아쳤다. 해발 3천 미터가 넘는 고개를 넘자니 추위에 몸이 오그라들었다.

우타이 산에 도착해 토산물 식당에서 저녁 식사를 했는데, 차 맛이 독특해서 물어보니 금련차라고 했다. 한 봉지에 25원 하는 금련차를 몇 봉지 사고, 중국에서도 단연 으뜸이라는 술 펀주(汾酒)도 38원(한화로 약 7,000원)에 사서 나눠 마셨다. 그런데 식사를 마치고 받은 청구서에 주전자와 그릇, 젓가락 사용료까지 별도로 적혀 있었다. 알고 보니 관광지에서 바가지를 쓴 것이었다. 같은 포장의 금련화가 슈퍼마켓에서는 한 봉지에 10원이었고, 펀주는 호텔에서도 18원이면 살 수 있었다.

중국 최씨의 흔적

우타이 산은 중국의 4대 불교 성산 중 하나로, '넓은 대(臺)가 5개 있는 산'이라는 뜻이다. 이곳에는 1세기부터 20세기까지 다양한 연대의 불교 건축물들이 있다. 그중 중국에서 가장 큰 비구니 사찰인 푸소사(普壽寺)와 황제의 아들이 지어 봉헌했다는 셴퉁사(顯通寺), 우타이 산을 상징하는 대표 사찰 타위엔사(塔院寺)와 전하이사(鎭海寺)가 있다.

중국의 4대 고성 중 하나인 핑야오 고성(平遥古城)은 약

14세기에 만들어진 곳으로, 중국 고성의 역사를 보고 싶은 이들이라면 가볼 만하다. 수백 년 된 거리에서 여전히 일상의 삶을 살고 있는 주민들의 모습은 장삿속으로 꾸며진 다른 고성들과 대비된다.

장사 수완이 뛰어나 진상(晉商, 명·청 시대에 상계를 휘어잡았던 중국을 대표하는 상인 집단)으로 불리던 이곳 사람들이 한때 중국의 상업 자금의 대부분을 움직이는 큰손으로 활동했다. 이곳에서는 일종의 어음거래소를 만들어 실물거래에 신용경제를 결합한 흔적도 엿볼 수 있다. 그래서 중국 최초의 은행 '르성창(日升昌)' 건물이 이곳에 있는데, 현재는 중국표호박물관으로 쓰이고 있다.

다시 타이위안으로 나가 최씨의 흔적을 찾아보려 했지만, 씨족과 관련된 자료들은 문화대혁명 시기에 사라져버렸다는 대답을 들었다. 수소문 끝에 최씨 씨족 마을이 근처 어디에 있다는 소문을 들었으나 그 마을이 어디인지는 끝내 알 수 없었다. 이틀 동안 이곳저곳 돌아다니며 알아봤지만 최씨 씨족과 관련된 자료를 더 찾기는 어려웠다. 아쉬웠지만 우리는 이곳에 와본 것으로 만족하기로 했다.

성스러운 산, 타이산(태산)

"태산에 오를 때마다 좋은 기를 받아 10년은 젊어진다."는 중국 속설이 있다. 타이위안에서 타이안의 타이산(泰山), 즉 태산에 가려면 열차를 타야 하는데, 한국의 부산에서 대전 정도의 거리라 침대 열차를 이용했다. 3층 침대칸은 높이가 낮아 편안히 앉을 수도 없고 화장실 출입도 조금 번거롭지만 누워 자면서 갈 수 있으니 일반 좌석에 비할 바가 아니다.

이른 새벽에 열차는 타이산에 도착했다. 우선 호텔을 정한 다음 렌터카를 빌려서 공자의 고향인 취푸(曲阜)로 갔다. 공자는 공씨의 시조로, 곡부 공씨가 시작된 곳인 셈이다. 취푸에는 공자와 그 자손들의 묘소가 있는 공림, 공자의 가족들이 살았다는 공부, 공자를 모신 사당인 공묘를 당일치기로 둘러보고 나왔다.

중국 고대 문명의 발상지 중 하나인 타이산(태산)은 구석기 시대의 흔적부터 고고학 유물과 건축물들이 있는 문화의 중심지이다. 또한 진시황제를 비롯해 수많은 황제들이 이 산에 올라 제물을 바치고 하늘에 제사를 지낸 성스러운 곳이다. 공자가 시와 산문을 지어 타이산에 새겨둔 것으로도 유명하다.

공자는 "태산에 오르니 천하가 작아 보인다"고 말했고, 조선 시대 문인이자 서예가인 양사언은 "태산이 높다 하되 하늘 아래 뫼이로다"라는 시를 남겼다. 이 시 구절만을 들으면 굉장히 높은 산 같지만, 실제로는 가장 높은 봉우리가 1,545미터에 불과했다.

중국을 최초로 통일한 진시황과 한나라 최대의 부흥기를 이끈 한무제, 수십 년간 태평천하를 누린 당현종, 청나라 최전성기를 이룩한 건륭제 등 수많은 황제들이 올라가 하늘에 제사를 지냈다는 태산. 황제들이 발 디뎠을지도 모르는 곳을 최사또 부부와 함께 거닐었다.

또 다른 여행의 시작

산둥성의 성도인 지난(濟南)은 땅 넓고 물 많고 사람도 많은 고장이다. 특히 지난에는 72개의 명천과 140개의 샘 등 물이 많다고 해서 물의 도시라고 불린다. 그 중에서도 지난 사람들이 이구동성으로 첫손에 꼽는 곳이 바로 바오투취안(趵突泉, 포돌천)이다. 청의 건륭제가 '천하제일천'이라는 비석을 세운 곳으로, 내륙 깊숙이 자리 잡은 평지에서 활기차게 솟아오르는 물줄기 자체가 신비롭다. 이 샘에서 솟구친 물이 모여서 이루어진 것이 지난의 상징인 자연 호수 다밍 호

(大明湖)이다.

지난의 대로변에 사람들 눈에 쉽게 띄는 지난참안(慘案) 기념비가 있다. 1928년 5월 3일 일본군은 거류민을 보호한다는 핑계로 군대를 동원해서 중국군과 민간인 약 6천여 명을 살육했는데, 이것이 지난참안이다. 중국 사람들은 이 사건을 통해 아무리 큰 나라도 힘이 없으면 어떤 치욕을 당하는지를 뼈저리게 깨닫고, 두 번 다시 같은 치욕을 당하지 않고자 기억에 되새기고 있다.

산둥성 칭다오 구시가지로 가면 뾰족한 첨탑 두 개가 솟은 천주교 성당을 볼 수 있다. 1934년 독일인 신부가 지은 성미카엘 성당이다. 해변으로 나가면 칭다오 만에 세워진 직선 다리인 잔차오(栈桥)가 있다. 1891년에 세워진 잔차오는 제1차 세계대전 때 폭격으로 파괴되었다가 1931년 재건된 것이다.

또 꼭 가볼 만한 곳으로 붉은색의 익숙한 조형물이 세워진 5·4광장, 중국이 자랑하는 문호 루쉰이 방문한 것을 기념하여 그의 이름을 따서 개칭한 루쉰공원도 빼놓을 수 없다.

여행 마지막 날, 최사또 부부와 우리는 여행의 끝이 아니라 또 다른 여행의 시작을 기원하는 축배를 마셨다. 예기치 않은 힘든 일들이 언제 어디서 튀어나올지 모르는 것이 여행이다. 이럴 때 마음 편한 친구는 무엇보다 큰 힘이 된다는 것을 다시 한 번 느낀다. 여행 자체도 즐거운데 좋은 친구와 함께하니 이보다 더 좋을 수 없다.

1장

지구 반대편에서 우리를 기다리는 사람들

Nice Travel

낯설지만 뭔가 있는 나라
알바니아

오랜 기억 속의 낯선 나라, 알바니아

아무래도 우리 세대에게 알바니아는 구소련이 주도한 냉전시대의 이미지를 떨칠 수 없는 나라다. 그리스를 제외한 발칸반도 대부분의 나라와 마찬가지로 사회주의 독재 체제, 그리고 우중충한 하늘 아래 휑한 동구권 특유의 을씨년스러운 도시 풍경이 함께 떠오르는 것이다.

그 나라에 직접 가보기 전에는 어딘가에서 접한 강렬한 뭔가가 그곳의 인상을 지배하게 마련이다. 어떤 대상물을 인식하는 과정에서 어떤 계기가 두고두고 꼬리표처럼 따라

붙는 것이다. 나에게 알바니아는 구소련이 존재하던 시절 서구 세계가 풍자한 만평 한 토막으로 각인된 나라이다. 둥근 식탁을 앞에 두고 왼편에는 미국인이 지켜보는 가운데 오른쪽에 앉은 소련 사람이 접시에 놓인 빵을 포크로 찍어 먹는 그림이었다. 그 빵에는 알바니아라는 이름이 적혀 있었다.

남쪽으로는 그리스와 맞닿아 있고 서쪽으로는 이오니아해에 면해, 긴 부츠 모양 이탈리아의 뒷굽과 마주 보고 있는 알바니아. 어떻게 보면 그 그림은 알바니아의 지리적 위치를 너무나도 잘 표현하고 있었다. 알바니아는 소련의 영향력 아래 있던 발칸반도의 여러 나라 가운데 서방 세계와 국경을 접하고 있었으니 소련에게는 절대 포기할 수 없는 나라였을 것이다.

그리스 등과 국경을 접하고 있는 알바니아

알바니아 여행을 계획했을 때 수십 년이 흘러도 지워지지 않는 기억과 함께 이념이 무너지고 난 뒤에도 한동안 더 힘든 고통의 시절을 견뎌냈으리라는 생각이 먼저 들었다. 그러나 로마제국의 속주 일리리쿰(기원전 27~서기 79)의 중심지였던 만큼 볼 만한 고대 유적이 있을 거라는 기대를 하며 마케도니아를 떠나 알바니아로 향했다.

마케도니아의 스코페 중앙버스터미널에서 30여 분가량 출국 심사를 거쳐 알바니아행 국제 버스에 올랐다. 버스가 출발할 때는 우리를 포함해 승객이 5명밖에 없어 의아한 기분이 들었다. 하지만 곳곳의 정류장에서 손님을 태우더니 어느새 자리가 꽉 찼다. 말이 국제 버스이지 실제로는 우리나라 시골 길을 다니는 완행버스와 꼭 닮았다.

버스는 마케도니아와 알바니아의 국경에 걸쳐 있는 오흐리드 호수를 따라 북서쪽으로 빙 돌아 내려갔다. 오흐리드 호숫가는 해변처럼 꾸며 휴양객들이 많이 찾는 곳으로 들러볼 만하다고 했다. 하지만 우리는 버스 차창 너머로 호숫가 풍경을 감상하는 것으로 만족했다. 그야말로 호수를 끼고 있는 고즈넉한 풍경이 느긋하게 하루 이틀 쉬어 가면 좋을 듯했다.

국경을 넘어 마케도니아를 떠날 때는 입국 때와 달리 출국 도장도 찍지 않고 여권을 돌려주었다. 30분쯤 걸린 알바니아 쪽 입국 심사도 마찬가지로 도장은 생략이었다.

버스는 알바니아의 수도 티라나 시내 한복판에 우리를 내려줬다. 맨 먼저 관광안내소를 찾았지만 불은 꺼지고 문은 잠겨 있는 것이 이미 퇴근한 모양이었다. 오후 6시까지 문을 연다고 되어 있었고, 아직 5시 10분이었는데도 말이다. 인터넷에서 봐둔 숙소를 찾아가려면 지도가 필요했다.

인터내셔널 호텔에 들어가 봤지만 지도를 구할 수 없었다. 호텔에서 알려준 골목 가게에서 4유로에 판다고 내놓은 지도는 사실상 상업용으로 만든 것이 아니었다. 여러 호텔과 유명 식당의 광고가 있는 것으로 보아 업체들이 함께 만들어 무료로 나눠 주는 홍보용 지도인 듯했다. 결국 지도는 시내 호텔에서 얻을 생각으로 그냥 나와 숙소를 찾아 나섰다.

처음 오는 낯선 나라에서 지도 없이 숙소를 찾기란 쉽지 않았다. 중심가에서 1.7킬로미터 거리에 있다고 하는데 좀처럼 위치를 가늠하기 힘들었다. 할 수 없이 요금 4유로에 택시를 타기로 했다. 그런데 택시가 길거리를 빙빙 돌고 돌아서 도착한 곳은 알고 보니 택시를 탔던 곳에서 길 건너 100미터 지점이었다. 손가락으로 가리켜도 정확히 집을 수 있는 곳이었다. 지도에 이어 당했다는 생각이 드는 순간이었다. 처음 찾아간 도시에서 처음 맞닥뜨리는 가게와 택시 기사의 인상이 그 도시 전체의 인상을 좌우하게 마련이다. 살림살이가 어려운 나라이다 보니 이러한 습성이 배어 있는 것이 아닌가 싶었다.

하루 45유로에 빌린 아파트형 숙소에서 짐을 풀고 먼저 찾아간 곳은 저녁거리를 해결할 재래시장이었다. 먹거리는 아주 싼 편이어서 오이, 치즈, 고추장아찌, 양배추, 정어리 통조림, 빵과 마요네즈 등을 구입했는데, 모두 합해도 700 레크(1유로=136레크)밖에 되지 않았다.

머나먼 이국땅에서 만난 익숙한 풍경

알바니아는 뜻밖에도 성 테레사 수녀와도 인연이 있는 나라이다. 수녀님이 태어난 곳은 마케도니아의 스코페이지만 부모님은 원래 알바니아에서 살다가 스코페로 이주한 농부였다고 한다. 마케도니아에서도 기념관과 작은 교회를 만들어 수녀님의 숭고한 희생을 되새기고자 노력하듯이, 알바니아 정부도 수녀님과 인연이 있는 국가라는 이미지에 각별히 신경 쓰고 있었다. 그래서 교황님의 방문 일정에 맞춰 보수 공사가 한창인 역사박물관 일정을 접고, 우선 테레사 수녀님의 동상이 세워진 티라나 대학으로 향했다.

수도의 한복판을 가로지르는 중앙대로에는 구시대의 유물을 전시하듯 아직도 육중한 콘크리트 참호가 남아 어두운 과거를 떠올리게 했다. 티라나 거리에서 인상적인 것은 소나무 가로수였다. 머나먼 이국의 땅에서 우리나라의 향토적인 정서가 물씬 풍기는 소나무를, 그것도 중심 거리에서 보게 되리라고는 전혀 생각지 못했다. 아름드리 소나무가 늘어선 모습은 묘한 감흥을 불러일으키기에 충분했고, 왠지 이 도시가 친근하게 느껴지기도 했다.

티라나 대학은 중앙대로가 끝나는 부분에 자리 잡고 있었다. 사진을 걸어두고 한창 공사 중인 것을 보면 여기도 교황님의 방문지에 들어 있는 듯했다. 작업 중인 인부에게 테레사 수녀님의 동상이 어디 있는지 물어보았다. 그는 하던 일을 멈추고 손바닥을 펼쳐 입으로 바람을 부는 시늉을 하는 등 이런저런 몸짓으로 설명했지만 알아들을 수가 없었다. 교정으로 올라가 영어를 할 줄 아는 어느 학생에게 물어 자초지종을 알 수 있었다.

테레사 수녀님의 동상은 원래 티라나 대학 교정에 세워져 있었다. 그러나 9월 22일 교황님의 방문을 위해 눈에 잘 띄는 공항으로 일주일 전에 옮겼다는 것이었다. 그제야 비행장을 언급하며 뭔가가 날아가는 듯한 시늉을 한 인부의 설명이 이해되었다. 공교롭게도 교황님의 방문과 일정이 겹치는 터에 한 나라의 어제와 오늘을 한눈에 알 수 있는 역사박물관과 테레사 수녀님의 동상을 보는 것까지 모두 허탕치고 말았다.

오스만 제국의 도시, 베라트

티라나에서 남쪽으로 120킬로미터가량 떨어진 베라트(Berati)는 알바니아에서 가장 오래된 도시로 오스만 제국 시대의 건축물이 많아 유네스코 세계문화유산에 등재되었다. 특히 오래된 베라트 성을 보기 위해서 버스를 타고 그곳으로 향했다. 뒷자리에 앉은 신사가 영어로 말을 걸어와 간단히 인사를 나누기는 했지만, 아직은 동양인 여행자들이 많지 않아 어디를 가든 힐끔거리는 현지인들의 시선을 감내해야 했다.

버스는 2시간쯤 고속도로를 달리다 여기저기 포장이 망가진 2차선 도로로 들어섰다. 이곳까지는 보수의 손길이 미치지 못하는 모양이었다. 몸이 크게 움직일 정도로 덜컹거리는 것은 물론 뿌옇게 일어난 흙먼지가 차 안까지 들어오니 아침부터 내내 불편하던 속이 더 힘들었다.

창밖으로는 짓다 만 듯 철근이 고스란히 드러난 집들이 늘어서 있었다. 아직 다 지어지지도 않은 집에는 사람들이 살고 있었다. 뒷자리에 앉은 한 신사에게 이유를 물어보니 싱긋 웃으며, 완공이 덜 된 집은 세금을 매기지 않기 때문에 그냥 사는 것이라고 했다. 말하자면 세금을 내지 않으려고 집을 완공하지 않는 셈이었다. 아직까지는 사회제도가 효율적으로 운영되지 않고, 국민 의식이 완전히 정착되지 않은 듯했다. 이 모든 것이 한 나라의 경제 및 정치 사정을 반영하는 것이 아닌가 싶다.

베라트 성 입구는 과거의 웅장한 모습을 그대로 간직하고 있었다. 성 앞 거리 양쪽을 행상들이 꽉 메우고 있었는데, 한산한 것으로 보아 장사 실속은 별로 없을 것 같았다. 지금도 성 안에 많은 사람들이 살고 있지만 높은 고도로 불편함을 겪고 있다고 했다. 일부 건물들은 문을 닫아건 지 오래였고, 심지어 폐가로 변한 곳도 있었다.

베라트 성에서 눈길을 끄는 것은 산정의 저수조 시설이었다. 고대의 물 공급 체계가 현대인 못지않게 뛰어나고 감각적인 것이 인상적이었다.

성을 한 바퀴 돌아보는 데 거의 2시간이 걸렸다. 성을 내려와 중세센터와 민속박물관을 찾았지만 아쉽게도 문을 닫는 날이었다. 따로 시간을 내서 방문하기는 힘들고, 성을 찾은 김에 들러보면 좋았을 텐데 아쉬웠다. 베라트 시가지 곳곳은 정비 공사로 어수선했다. 더구나 낮에는 사람들도 없어 마치 도시가 텅 비어 있는 듯했다. 그러나 저녁 무렵 다시 찾은 시내에는 사람들이 거리를 가득 메워 낮과는 또 다른 모습에 색다른 정취를 느낄 수 있었다.

알바니아 마을

친절이 몸에 밴 사람들

알바니아 사람들은 자신들을 '슈킵페라(Shqiperi)'라고 부르는데, 얼핏 들으면 '쉽테라'로 들리기도 한다. 알바니아는 영어 국명이고, 슈킵페리야는 '독수리의 땅'이라는 뜻의 알바니아어이다. 알바니아 국기에도 독수리가 그려져 있다. 알바니아를 하늘에서 내려다보면 독수리의 머리처럼 생겨서 그렇게 불렸다는 이야기가 있다.

알바니아 사람들은 고유 언어에 대한 자부심이 상당히 강한 편이다. 그도 그럴 것이 300만 명 남짓의 적은 인구로, 주변 강대국들에게 나라를 빼앗기면서도 수천 년 동안 자신들의 언어와 문화를 이어왔기 때문이다. 그러면서도 2개 이상의 언어를 모국어처럼 사용하는 사람들도 아주 많다고 한다. 국민의 절반 이상이 그리스어를 자유자재로 구사하고, 영어를 쓰는 사람도 많다. 여러 차례 외침을 겪은 탓이기도 하지만 그만큼 개방적이기 때문일 것이다.

그들의 개방적인 성향은 자연스럽게 이국 사람들에 대한 친절함으로 나타난다. 운전기사나 차장은 목적지만 말하면 정류소에 설 때마다 영어를 못하더라도 손짓 몸짓으로 세심하게 알려준다. 목적지에 도착하면 다음 행선지는 어떻게 가야 하는지 안내해주는 것도 잊지 않는다.

정류장에서 만난 슈킵페라 부인에게 길을 물었더니 다른 사람에게 전화를 해서 위치 좋고 편한 숙소까지 찾아준다. 그뿐인가? 먼 길인데도 호텔까지 데려다주는가 하면 방도 직접 살펴봐 준다. 팔목에 걸친 십자가상을 보고 정교회 신자냐고 물었을 뿐인데, 기어이 팔찌를 빼서 친구에게 선물하겠다며 내 손목에 채워주고 통성명할 사이도 없이 돌아간다. 지금까지 길 위에서 수많은 친절한 사람들을 만났지만 알바니아 사람들은 특히나 인상적이었다.

한번은 베라트 성을 거닐 때 성벽 위에 앉아 쉬고 있는 노부부에게 살짝 눈인사했더니 먼저 말을 건네는 것이 아닌가. 은퇴한 후 이곳으로 여행을 왔다가 마음에 쏙 들어서 성 아래의 동네로 아예 옮겨 왔다는 것이었다. 그들은 매일 성채로 올라와 한 바퀴 돌아보는 것이 일과라고 했다. 부부가 모두 알바니아어에 영어와 이탈리아어를 섞어 쓰는 것이 재미있게 들렸다. 우리는 한국에서 왔다고 하니 환하게 웃으며 선뜻 자기 집에 묵으라고 한다. 현지인의 생활을 체험할 수 있는 좋은 기회였지만 호텔 방을 이미 잡아뒀기에 아쉽지만 고마운 뜻을 받아들일 수 없었다.

성채와 주위 풍광도 볼 만하지만 가는 곳마다 따뜻한 마음씨를 대할 수 있어서 더 기억에 남는 여행이었다. 이 나라에 막 도착했을 때 걸어갈 수도 있는 가까운 거리를 일부러 돌아 돌아서 내려준 택시 기사를 만나 불쾌한 첫인상을 받았지만, 그러한 사람들은 극히 일부일 뿐이라는 것을 새삼 확인할 수 있었다.

여행자의 남루한 마음

베라트, 부트린트와 더불어 알바니아의 3개 세계문화유산 중 하나인 지로카스트라는 오스만 제국 시대에 번영을 구가한 곳이다. 여행객의 눈길을 끄는 성곽이나 돌지붕은 오스만 제국시대의 유물이다. 이곳을 여행할 때는 공교롭게도 스페인 여행객들을 셋이나 만났다.

버스 정류장에서 머리가 하얗고 수염이 덥수룩한 노인을 만났는데, 반바지에 헐렁한 티셔츠 차림으로 보아 이곳 사람은 아닌 듯했다. 뭔가 자기만의 세상에 사는 사람인 것 같아 먼저 말을 건네기가 뭣해 주저하고 있는데 그가 먼저 "안녕하세요? 여행 오셨나요?"라고 말을 걸어왔다. 그렇다고 하자 어디서 왔느냐, 온 지 얼마나 되었냐, 어디가 좋았냐 등등 질문이 이어졌다.

우리가 한국에서 왔다고 하자 자기도 한국 친구가 있다고 했다. 발음으로 보아 영어권 국가 사람은 아닌 듯해 어디서 왔냐고 물어보니 뜻밖에도 스페인에서 왔다고 했다. 그래서 나는 곧바로 스페인어로 물어보았다.

"Ah! España! Amo España también. Estaba alla una vez unos años antes. De donde viene de España?(스페인요! 나도 스페인 좋아합니다. 몇 년 전에 한 번 가본 적 있고요. 스페인 어디에 사세요?)"

"알칼라. 알칼라 아세요?"

"세르반테스의 고향 알칼라 데 에나레스 말인가요?"

"맞아요. 바로 거기예요. 그런데 언제 스페인어를 배웠어요?"

"30년 가까이 되었네요. 돈키호테에 반해서 스페인어로 돈키호테를 읽고 싶었거든요."

낯선 땅에서 자기네 나라 말을 할 줄 아는 외국인을 만나니 몹시 반가운 모양이었다. 스페인어가 속사포로 쏟아지는 터에 천천히 말해 달라고 부탁해야 했다. 마드리드에서 활동하는 화가로 이름은 파코 모랄레스(Paco Morales)라고 하는 그는 짧은 시간에 자신의 내력을 줄줄 털어놓는다. 아흔 살의 어머니는 그리스 태생이어서 지금은 고향인 그리스에서 살고 계신다고 한다. 자신도 매년 4개월 정도는 어머니 곁에서 보내며 짬짬이 주변 나라를 여행하며 그림 소재도 찾고 영감도 얻는다는 것이다. 그러고는 전화번호를 건네면서 마드리드에 오면 일반 사람들은 잘 모르는 멋진 곳을 소개해 줄 테니 꼭 연락을 달라는 것이었다.

얼핏 보아서는 선뜻 말을 걸기가 꺼려지는 인상이었는데, 이야기를 나누다 보니 아주 다정다감한 사람이었다. 사람은 겉모습만으로 판단하고 선입견을 가져서는 안 된다는 것을 다시 한 번 깨닫는 순간이었다.

성 밖으로 나와 돌길을 따라 내려올 때 만나 이야기를 나눈 부부 역시 스페인 바르셀로나에서 온 호안(Joan)과 콘시타(꼰씨따, Conxita)였다. 바르셀로나 남쪽의 타라고나에 산다고 하는 그들은 몇 년 전 북한에 다녀왔다고 했다. 그러고는 한국을 언급하며 엄지를 치켜세우기에 한국에도 가봤느냐고 물어보니 그렇지는 않다는 것이었다. 다음 주에는 집으로 돌아갈 텐데 스페인에 오면 꼭 자기들 집에서 식사를 함께하자며 휴대전화와 집 전화, 이메일 주소까지 꼼꼼하게 적어주었다.

낯선 여행지에서 다른 나라의 여행객들을 연이어 만나고 이야기를 나누다 보니 돌연 나 스스로를 돌아보게 되었다. 우리는 얼마나 열린 가슴으로 낯선 이들을 대해 왔는가. 언제 다시 찾을지도 모르는 길 위에서 스쳐 지나가는 여행객에게도 친절을 베풀며 무한한 신뢰를 보여주는 그들처럼 말이다. 문득 길가의 허물어진 돌집들을 보는 순간 내 마음도 그와 같이 텅 비어 남루한지도 모른다는 생각에 괜히 마음 한편이 씁쓸했다.

로마시대의 성채

지로카스트라 성채를 오르면서 연신 발걸음을 멈춰야 했다. 비가 주룩주룩 내려 폰초(판초) 우비를 뒤집어쓰고 걷는데도 고색창연한 길에 이끌려 그냥 지나칠 수 없었던 것이다. 높은 곳에 올라서니 아래로 얇은 돌판 지붕을 이은 오래된 마을이 보인다. 공산주의 정권 시절 40년 동안 알바니아를 독재했던 엔베르 호자의 생가도 보이고, 미나레트(첨탑)가 솟은 이슬람 모스크(예배당)와 교회의 십자가도 눈에 들어온다.

성채를 돌아 나오다 문득 돌바닥을 보고 버스를 타고 올 때가 떠올랐다. 몇백 년 전에도 이처럼 멋진 포장도로를 건설할 만큼 높은 문명 수준을 자랑한 곳으로 들어오는 길은 정작 먼지가 풀풀 날리는 비포장도로라는 것이야말로 모순이 아닐까 하는 생각이 들었던 것이다. 도로변에 세워진 방향 표지판에도 지명뿐 아니라 거리까지 표시해 두면 얼마나 좋았을까 하는 아쉬움이 든다.

마지막으로 남은 세계문화유산 부트린트로 가기 전에 들른 곳이 활기찬 항구 도시 사란더였다. 버스는 꼬불꼬불한 산길을 끝없이 올라 높은 산을 하나 넘어갔다. 마치 바위를 층층이 쌓았다가 옆으로 비스듬히 뉘어놓은 듯한 산세가 무척 생소한 풍광이었다. 특이하게도 해변 도시의 버스 정류장이 산 중턱에 있었고, 거기에서 곧장 해변으로 이어졌다.

여기서부터 20킬로미터 떨어진 부트린트는 이 나라가 가지고 있는 가장 훌륭한 로마시대의 성채를 간직하고 있다. 내륙 깊숙이 들어온 만에 자리 잡고 있어 바닷가를 따라 성벽으로 둘러싼 모습이 아주 독특하다. 성채로 들어가면 고대 로마의 상징물과도 같은 원형극장이 나타난다. 고대 유물을 보호하기 위해 출입을 통제하는 곳도 있지만 이곳 원형극장은 방문객들이 자유롭게 드나들 수 있었다. 비록 규모는 작지만 보존 상태가 좋아서 잠시 쉬어 가기도 한다. 하지만 지반 침하로 주위가 늪지대로 변하고 있고, 중앙무대가 있던 자리는 이미 물이 들어차 있었다.

아내는 원형극장만 보면 무대 가운데로 등을 떠밀며 노래 한 곡 하라고 재촉한다. 이번에도 못 이기는 척 물을 철썩거리며 무대로 걸어갔다. 사람들에게 허리를 숙여 인사하니 모두 무슨 일인가 하고 의아한 표정을 지었다. 즉흥적으로 생각나는 가곡을 열심히 부르자 사람들은 영문도, 무슨 노래인지도 모르면서 박수를 쳐주었다. 덕분에 성채를 걷는 동안 나를 알아본 사람들의 눈인사와 악수를 건네받기도 했다.

부트린트 성채에는 고대부터 사용하던 깊은 우물이 아직도 그대로 남아 있다. 더 재미있는 것은 우물 가장자리가 줄줄이 움푹 패어 있는 것이다. 그것은 바로 물을 퍼 올릴 때 밧줄이 닿은 부분이다. 밧줄에 돌이 팰 정도면 얼마나 오래되었는지 짐작이 가고도 남는다.

이 먼 곳에서 고대의 우물을 보고 있으니 상상의 나래가 펼쳐진다. 물을 길러 왔던 여인들이 삶의 애환을 털어놓거나 원형극장에서 공연된 연극 이야기를 나누기도 했으리라. 노예들은 신세 한탄을 늘어놓거나 외세의 침략을 걱정하며 잠시 쉬어 갔을지도 모른다.

건설 당시에는 지금보다 훨씬 더 높은 위치였을 성채가 지금은 거의 해수면에 가깝고, 바닥에 물이 들어차 있는 유적들도 많다. 부트린트의 성채를 보면 고대 이집트에 세워진 도시 알렉산드리아의 전설적인 파로스 등대가 떠오른다. 세계 7대 불가사의 중 하나인 거대한 규모의 파로스 등대는 지진으로 하루아침에 무너져 그 잔해가 바닷물 속에 잠겨버렸다. 오랜 세월에 걸쳐 서서히 가라앉고 있는 이 아름다운 성채도 두 번 다시 볼 수 없게 되는 것은 아닌가 하는 걱정이 공연히 드는 것이다.

블로라에서 맞이한 추석

알바니아에서 마지막으로 머문 곳은 아드리아 해의 항구 도시 블로라였다. 이곳에서 이탈리아 시칠리아 섬으로 갈 예정이었다. 특이하게도 버스를 배에 싣고 이탈리아의 브린디시로 가서 육로로 남쪽을 횡단한 뒤 다시 버스를 배에 싣고 시칠리아 섬으로 들어가는 일정이었다.

블로라에서 보낸 첫날은 공교롭게도 우리나라의 추석날이었다. 밤 9시 무렵 낮과는 달리 온 거리가 사람들로 가득한 것을 보니 마치 이곳도 추석인 듯 마음이 들뜨는 것이었다. 그날 저녁에는 우연히 서른세 살의 알바니아 젊은이와 이야기를 나눌 기회가 있었다. 대체로 외국 사람들과 이야기를 나누는 것 자체를 어색해하면서도 외부인들이 자기들을 어떻게 바라보는지 관심이 많은 듯했다. 그는 공산주의 시절의 억압된 분위기에서 벗어나기는 했지만 경제 상황은 여전히 나아지지 않아 사람들은 기회만 있으면 외국으로 나간다고 했다. 그러니 이 나라가 더더욱 발전하기 힘들다는 것이었다.

발칸 반도에서도 가장 폐쇄적인 나라였고, 국토의 대부분이 산지로 농업과 목축업이 주를 이루다 보니 경제가 발전하는 데도 한계가 있다. 그러다 보니 여행객들은 수시로 불편한 상황에 맞닥뜨리게 된다. 이 나라의 수도에서도 여행안내소를 찾아보기 어렵고, 도심에서 멀리 떨어진 곳은 포장된 도로를 찾아보기 힘들다. 중소형 호텔은 영어를 제대로 구사하는 직원이 없을 때가 많고 그나마 자리를 지키고 있지도 않다. 수자원이 풍부한 나라이면서도 물 부족을 겪고, 세계적인 유적지들을 보유하고 있으면서도 관리의 손길은 턱없이 부족해 보인다. 말하자면 사회 시스템이 제대로 정리되지 않은 것인데, 아무래도 좋지 않은 경제 사정 탓이리라.

그러나 사람들은 친절하고 외국인들에게도 많은 관심을 기울인다. 해변의 거리를 함께 거닐며 할머니 네 분과 이야기를 나눴는데 한국에서 왔다고 하니 멀리서 왔다며 몹시 반겨주었다. 우리나라의 남북 분단 현실에 대해서도 잘 알고 있었다. 그러면서도 알바니아에 대한 인상을 빠짐없이 물어본다. 아마도 내부적으로 공산주의 시절의 아픔을 겪었기에 외부에서 자신들을 어떻게 바라보는지 신경이 쓰이나 보였다.

유레카의 도시
시라쿠사

이탈리아에서 풀어헤친 짐

시라쿠사, 이 낯선 지명이 사실은 우리에게 너무나 익숙한 사람과 연관된 곳이다. 아이들이 과학을 배울 때 맨 먼저 접하는 단어가 '유레카'일 것이다. 이 단어는 본래 뜻('알아냈다')을 넘어서서 '번뜩이는 생각', '놀라운 아이디어'의 대명사가 되었다.

기원전 고대 그리스의 과학자 아르키메데스는 어느 날 목욕통에 몸을 담갔다가 흘러넘치는 물을 보고는 흥분해서 벌거벗은 몸으로 거리를 뛰어다니며 '유레카'를 외쳤다. "모든 물체는 물속에서 부피에 해당하는 물의 무게만큼 가벼워진다"는 '부력의 원리'를 발견한 것이다. 그 전에 금관 속에 은이 섞여 있다는 소문을 들은 왕이 그에게 알아보라고 했다. 그는 순금 덩이를 물속에 넣어보고는 금관이 위조품이라는 것을 알아냈던 것이다.

바로 이 아르키메데스가 시칠리아 섬의 시라쿠사 출신이다. 그래서 시칠리아 여행을 생각했을 때 맨 먼저 그의 자취를 찾아가 보고 싶은 마음에 시라쿠사로 가기로 했다.

브린디시 항에서의 입국 수속은 블로라를 떠날 때와는 달리 꽤 까다로웠다. 수많은 승객 가운데 우리 부부만 따로 불러 옆방에서 모든 짐을 다 풀고 가방을 하나하나 열어서 검사를 받아야 했다. 뭔가 수상쩍다는 신고라도 받은 것처럼 말이다. 짐 검사를 하고 난 뒤에는 질문이 이어졌다. 시라쿠사는 왜 가느냐, 뭘 보고 싶은 거냐, 얼마나 있을 거냐, 다음으로는 어디로 갈 거냐, 돈은 얼마 가지고 있느냐, 심지어 신용카드를 보여달라고도 했다. 그리고 지금까지 어디를 다녔는지 묻고는, 하나하나 자세히 대답하자 그제야 짐을 꾸려서 나가라는 허락이 떨어졌다. 한참을 붙잡고 이것저것 캐물은 것이 미안했던지 마지막에는 이탈리아에 대해 좋지 않은 인상을 가지지는 말라고 덧붙였다.

국경 출입을 맡은 사람으로서 당연히 해야 할 일이겠지만 지나친 검열에 어이가 없었던 나는 헛웃음을 지으며 '노(No)'라고 한마디 했을 뿐이다.

입국 절차를 마치고 나오니 모두 떠나고 광장에는 우리가 타고 갈 버스 한 대뿐이었다. 다른 승객들은 우리를 기다리며 꼬박 30분을 버스에서 기다렸으니, 죄를 지은 듯한 기분은 어쩔 수 없었다. 우리가 올라타자 버스는 기다렸다는 듯이 곧바로 출발했다.

버스표를 사려면 빵집부터 가라

우리는 이탈리아 본토에서 메시나 해협을 건너 시칠리아 섬으로 들어갔다. 예정에 없이 발길 닿는 대로 여행을 하다 보니 뜻하지 않게 유명한 도시를 여행하는 경우도 있다. 그런 곳이 바로 시라쿠사에 도착하기 전 들른 라구사였다. 아침에 도착해서 잠시 둘러보았는데, 알고 보니 유네스코에 등록된 세계문화유산이 20여 곳에 달했다. 도시 전체가 문화재 덩어리로 가는 곳마다 관광객이 넘쳐나 새삼 놀란 곳이었다. 해발 490미터의 협곡 구릉에 자리 잡은 라구사는 언덕 위의 고지대에 형성된 지역과 비탈 아래의 저지대에 자리 잡은 이볼라 지역으로 나뉜다. 그중 주요 문화재는 대부분 이볼라 지역에 몰려 있다. 모두 둘러보는 데 한나절로는 턱없이 모자랐지만, 이미 시라쿠사로 가는 버스표까지 예매해 두었으니 서둘러 빵집으로 갈 수밖에 없었다.

재미있게도 라구사에서 시라쿠사 행의 버스를 타려면 빵집으로 가야 한다. 물론 버스표도 그 빵집에서 사야 한다. 우리나라 시골에 가면 길가의 작은 슈퍼에서 버스표를 파는 것과 다름없었다. 버스를 기다리고 있으려니 한 아주머니가 씩씩거리며 큰 소리로 떠들어댔다.

"이탈리아가 선진국이라는 것이 말이 돼? A노선 차표는 이쪽 문방구에서 팔고, B노선 차표는 저쪽 골목 꽃집에서 팔고, C노선 차표는 저 건너 술집에서 파는 나라가 세상에 어딨어? 터미널도 없고, 노선 표시도 없고, 타는 곳도 죄 다르고. 그걸 다 아는 사람도 없고, 안내소도 없는데, 이게 무슨 선진국이야?"

혼자 여행 다닌다는 영국의 브리얼리 부인이었다. 나도 모퉁이 빵집에서 표를 샀다고 하니 기가 막힌다는 표정이었다. 이탈리아의 여러 지방을 여행하고 있는 그녀는 이탈리아의 교통을 전혀 믿을 수 없다며 험담 겸 하소연을 쏟아냈다. 그러고 보니 우리는 운이 좋았던 편이다. 한 시민에게 시라쿠사행 차편을 물었을 때 곧바로 알려주었으니 말이다. 배낭 여행자에게 중요한 것은 무엇보다 현지의 교통체계이다. 그것이 제대로 갖춰지지 않은 곳에서는 그야말로 운에 기대야 한다. 버스표를 사려는데 꽃집을 가야 한다고 누가 상상이나 하겠는가. 버스가 서는 곳도 제각각이어서 정신을 바짝 차리지 않으면 엉뚱한 곳에서 하룻밤을 보내야 할지도 모른다.

유레카의 흔적은 사라지고

아르키메데스의 자취를 찾아보기 전에 고대 그리스 왕국이 시칠리아에 처음 세운 식민 도시 시라쿠사를 천천히 둘러보았다. 이곳에서 가장 오래된 흔적인 아폴론 신전부터 찾아보았다. 기원전 4세기에 만들어졌다고 하는 신전은 현대식 아파트와 건물에 둘러싸여 돌기둥 몇 개와 벽돌로 된 벽체 일부만 덩그러니 남아 있어 그 시대의 모습을 느낄 수도 없었고, 신전의 상징과 의미를 알 길 또한 없었다.

아폴론 신전을 나와 해안길로 내려가자 채소와 청과물 시장이 어시장과 한데 어우러져 있었다. 채소들도 모두 신선하고, 각종 해물들도 아주 싱싱해 보였다. 어시장에서 특이하게도 눈길을 끄는 것은 갈치였다. 나란히 길게 늘어놓는 우리나라와는 달리 이곳에서는 한 마리씩 동그랗게 말아 놓고 팔았던 것이다. 크기도 하고 빛깔도 좋은 갈치였는데, 아마도 신선도를 유지하기 위한 방법이 아닐까 짐작되었다.

해수면에서 상당히 높게 옹벽을 쌓아 올려 만든 해안도로를 걸으면서 보니 인공으로 만든 네모난 돌무더기가 바닷속에 널려 있었다. 방파제와는 달리 어떤 시설물의 일부 같았다. 인공 석제의 무더기일뿐 얼핏 집터로 보이는 곳도 있었다. 그 모습을 보니 고대 역사와 관련된 의문들이 솟구쳤다. 고대 시라쿠사의 방어 시설이었을까? 바다 망루였을까? 로마의 함선을 불태우던 언덕은 어디쯤이었을까? 아르키메데스가 초대형 기중기로 로마군의 간담을 서늘하게 했던 절벽은 또 어디였을까?

로마와 카르타고 지중해의 패권을 둘러싸고 벌인 포에니 전쟁에서 시라쿠사는 카르타고의 편을 들어 로마군의 공격을 정면으로 받았다. 이때 일흔 살의 나이에 아르키메데스는 지렛대를 이용한 신무기로 로마군을 격파했다. 도르래를 장착한 거대한 기중기로 로마 함선을 공중에 들어 올렸다가 바다에 빠뜨리고, 반사거울을 이용해 함선을 불태우기

시라쿠사 두오모 성당

도 했던 것이다.

아르키메데스가 최후를 맞이한 것도 바로 모래 위였다. 시라쿠사가 함락되던 날 그는 모래 위에 기하학 도형을 그려놓고 연구에 몰두하고 있었다. 다가오는 사람 그림자를 보고 그는 동그라미를 밟지 말라고 소리쳤다. 그러자 로마 병사는 칼로 그의 목을 쳐서 죽였다. 로마의 장군 마르켈루스는 아르키메데스의 죽음을 애석해 하며 정중하게 장례식을 치러주고 그의 업적을 기리기 위해 원통 안에 공과 원뿔을 그린 비석을 세워주었다는 이야기가 전해진다.

상상으로 만족하다

아르키메데스 광장에는 달과 사냥의 여신답게 손에 활을 쥐고 등에는 활통을 멘 디아나 여신상이 세워진 커다란 분수가 있다. 시원한 물줄기를 뿜어내는 분수를 돌아보고 그 옆에 세워진 아르키메데스 박물관으로 들어갔다.

입구에 적힌 소개 글에는 뜻밖에도 중국어가 적혀 있었다. '給我一个支点, 我可以擧起 整個地球—阿基米德', 즉 '나에게 떠받칠 곳을 주면 나는 지구도 들어 올릴 수 있다—아르키메데스'라는 뜻이다. 경제 강국으로 부상한 중국의 힘이 시라쿠사에까지 뻗친 듯하다. 소개 글에는 아르키메데스가 발견하고 최대한 정확한 값을 구하려고 노력했던 원주율을 나타내는 π(파이)와 일상의 실용적 계산에 적용했던 3.14를 따서 2013년 3월 14일에 문을 열었다고 적혀 있다.

안으로 들어서면 커다란 벽화가 방문객을 맞이한다. 아르키메데스가 맨 앞에서 수많은 과학자들을 이끄는 장면이다. 부스스한 머리로 유명한 아인슈타인과 퀴리 부인도 보이고, 뉴턴과 갈릴레오도 있다. 아르키메데스가 과학 발전에 기여했음으로 나타내는 그림이다.

혹시나 부실한 자료로 그의 이름만 우려먹는 것은 아닐까 하는 걱정은 말 그대로 기우였다. 그가 고안한 수많은 기기들을 현대 기술로 새롭게 제작해서 전시해 두었고, 로마군을 공포에 떨게 한 투석기 모형도 있다. 로마 함선을 불태우는 데 사용했다는 집광기와 유명한 나선 날개를 이용해 물을 퍼 올리는 기구도 원리를 알기 쉽게 꾸며놓았다. 현대의 과학 기술에 미친 영향을 그대로 보여주는 모형들을 통해 불가사의하다고 할 만한 그의 천재성을 다시금 확인하는 순간이었다.

아르키메데스의 흔적을 찾기 위해 떠난 여행이었지만 그가 도형을 그렸다는 모래밭도 특정하지 못하고 돌아서야 했다. 그가 존재했던 시대를 상상하며 바닷속의 그 많은 인공 석조물에 경의를 표하는 것으로 아쉬움을 대신할 수밖에 없었다.

밀라노에서 만난 〈최후의 만찬〉

사람이 아름다운 도시

이탈리아를 여행하면 고풍스러우면서도 세련된 건물과 입이 벌어질 정도로 웅장하고 정교한 두오모(대성당)을 보게 마련이다. 하지만 밀라노에서는 건물보다 사람들을 음미하는 재미가 있었다. 패션의 본고장이라는 수식어처럼 거리를 활보하는 사람들의 개성 있고 세련된 차림새에 감탄과 부러움을 느끼는 것이다. 우리에게 밀라노에서 가볼 만한 곳을 알려준 사람도 지하철에서 옆자리에 앉아 있던 멋진 부인 나스타샤였다. 의류 회사에 근무한다는 그녀는 여행 전문가

못지않게 밀라노의 볼거리를 설명해주었다.

고딕 양식의 절정을 보여주는 밀라노 두오모를 비롯해 이탈리아를 통일한 엠마누엘 2세 기념관과 르네상스 회화의 걸작들을 소장하고 있는 브레라 미술관, 그리고 결코 빼놓을 수 없는 레오나르도 다 빈치의 〈최후의 만찬〉을 알려주었다. 그리고 그녀는 코모를 가봤느냐고 물었다. 스위스 접경 지역의 아름다운 호반 도시 코모는 그림 같은 휴양지로 이탈리아의 유명 인사치고 그곳에 별장을 가지지 않은 사람이 없다는 것이다. 생전 처음 들어보는 지명이었지만 아름답고 친절한 그녀를 믿고 코모를 여행지에 추가하기로 했다.

연간 90억 원을 벌어들이는 식당

르네상스 양식의 산타마리아 델레 그라치에 성당은 규모가 그리 크지 않다. 그러니 성당에 딸린 식당 건물이라고 넓을 리 없다. 눈대중으로 폭이 10여 미터, 길이가 25미터 남짓할까 싶다. 이런 곳이 연간 90억 원 가까운 수입을 올리고 있다. 한낱 식당이 말이다. 미술사에서 절대 빼놓을 수 없는 르네상스 시대의 천재 레오나르도 다 빈치의 〈최후의 만찬>이 바로 이 식당 벽에 그려져 있다. 눈으로 보고도 믿어지지 않는 명화를 보기 위해 두 번의 고배를 마셔야 했다. 세 번째 방문해서야 겨우 들어갈 수 있었던 것이다.

지하철에서 만난 나스타샤 부인으로부터 미리 예약하지 않으면 볼 수 없다는 이야기를 들었지만, 운을 기대하고 일단 매표소에 가서 물어보니 세 가지 답변이 돌아왔다. 첫째, 오늘 입장권은 모두 매진되었다, 둘째, 예매는 인터넷에서만 가능하다, 셋째, 현장 판매는 아침 8시부터 시작하니 알아서 오라는 것이었다.

다음 날 새벽 6시에 일어나 서둘러 아침을 먹고 매표소에 도착한 시각이 7시 45분이었다. 그런데 창구 앞에는 사람들이 이미 줄을 서 있었다. 줄은 금세 늘어났다. 8시 조금 지나서 입장권을 구입할 수 있었지만, 오후 3시 45분에 들어갈 수 있는 표였다. 그러면서 덧붙이는 말이 입장 시간 15분 전까지 문 앞에 와서 기다려야 한다는 것이었다. 가히 쉽게 볼 수 없는 걸작이었다. 입장권을 구입하기도 쉽지 않았지만 <최후의 만찬>에 이르기까지 몇 개의 문을 통과해야 했다.

입장 시간이 되자 철문이 열렸고, 안으로 들어가니 닫혀 있는 커다란 유리문이 나타났다. 정확히 30명이 들어오자 철문이 닫히고 유리문이 열렸다. 몇 발짝 들어가니 또다시 닫힌 유리문이 나타났다. 30명이 모두 들어오자 뒤의 유리문이 닫히고 중간 유리문이 열렸다. 30명은 또다시 세 번째 유리문 앞에서 기다렸다가 뒷문이 닫히고서야 드디어 작은 식당 안으로 들어갔다.

겹겹의 문을 지난 다음 마주한 것은 찬란하지만 빛바랜 〈최후의 만찬〉이었다. 사람들은 조금이라도 자세히 보려고 뚫어지게 쳐다보았다. 하지만 제대로 감상하기도 전에 어느새 삐 소리가 울리면서 안내원이 또 다른 문으로 몰아냈다. 〈최후의 만찬〉 맞은편 벽의 대형 그림은 제목조차 읽어볼 새도 없이 밀려서 나올 수밖에 없었다. 그야말로 흘깃 쳐다보고 끝이었다. 시계를 보니 정확히 4시였다. 단 15분 만에 관람이 끝나버린 것이다. 더구나 문을 통과하는 시간을 빼면 정작 몇 분밖에 보지 못한 셈이다.

너무나도 유명한 그림에 대해 문외한이 이러쿵저러쿵하기보다 전문가의 평가나 해설을 읽는 것이 나으리라. 작품의 가치야 두말할 필요 없으니 접어두고, 그보다는 어마어마한 입장객이 가져다줄 수익이 더 궁금했다.

매일 아침 8시부터 오후 7시까지 15분 간격으로 하루에 43회 관람하고, 1회에 30명으로 인원을 제한하고 있다. 대부분의 관람객은 인터넷으로 입장권을 15유로에 구입한다. 우리처럼 2유로를 아껴보겠다고 새벽부터 종종걸음을 하는 사람들까지 감안해서 평균 14유로라고 하자. 휴무는 단 이틀, 새해 첫날과 크리스마스라고 하니 1년에 관람 일수는 363일이다. 이렇게 계산해 보니 좁은 공간에 잠시 가둬두는 대가로 연간 88억 원의 소득을 올리고 있다. 이것 하나를 보려고 이틀을 허탕 치고, 그나마 입장해서는 몇 분밖에 볼 수 없었다는 것을 생각하면 지나치게 장삿속이 아닌가 하는 생각도 든다. 그야말로 조상 덕에 가만히 앉아서 돈을 번다는 느낌이다. 그리고 한편으로 우리나라는 이런 것을 만들 수 없을까 하는 아쉬움과 부러움이 교차하는 것이다.

세련된 현대 도시의 면모를 지니고 있으면서도 로마나 나폴리, 베네치아, 피렌체 못지않은 문화 유적을 보유하고 있는 밀라노는 곳곳에서 장사진을 치고 있는 관광객들을 심심찮게 볼 수 있다. 하지만 볼거리보다 더 매력적인 것은 멋스럽고 개성이 넘치며 여유롭고 자유분방한 사람들이다.

레오나르도 다빈치를 비롯해 미켈란젤로와 라파엘로, 파블로 피카소의 작품까지 소장되어 있는 브레라 박물관에서 인상 깊었던 광경도 예술 작품을 자유롭게 감상하는 사람들이었다. 우리나라처럼 획일화되고 경직된 분위기가 아니었다. 밀라노가 전 세계의 많은 사람들을 끌어들이는 이유가 오래된 문화유산과 더불어 살아가면서도 현대적인 개성과 자유로움을 더욱 키워나가며 조화를 이루기 때문이 아닐까 생각된다.

밀라노 쇼핑 상가

묵묵히 걷는
산티아고 순례길

사람들의 흔적을 따라 걷는 길

산이든 들판이든 사람이 한 번 지나간 자리를 길이라고 하지는 않는다. 먼저 지나간 사람들의 흔적을 따라가고 또 따라가면서 풀이 눕고 땅이 드러나면 자연스럽게 길이 생긴다. 사람의 흔적이 길어졌다고 길이라는 단어가 생겨났는지도 모르겠다.

스페인 서쪽 끝에 자리 잡은 산티아고 데 콤포스텔라(약칭 산티아고). 산티아고(Santiago)는 에스파냐에 기독교를 전파한 성(Saint) 야곱(Jacob)의 스페인식 표기다. 콤포(compo)는 캄프(camp)와 같은 어원으로 '들판' 또는 '언덕'을 뜻한다. 스텔라(stela)는 '별'을 뜻하는 'stellar', 'star'와 같은 어원이다. 우리말로 하면 '별빛 가득한 들판에 있는 성인 야곱(의 무덤)' 정도가 된다. 예수의 12사도 중 한 사람인 성 야곱의 묘지가 있다 하여 기독교 신자들의 순례가 이어지면서 도시가 형성되었고, 1189년 교황 알렉산더 3세는 예루살렘과 로마에 이어 3대 순례지로 선포했다. 말하자면 오랫동안 사람들의 발길이 이어지면서 길이 생기고 도시가 만들어진 것이다.

성 야곱의 무덤에 참배하기 위해 걷는 산티아고 순례길은 단순한 길을 넘어서 유럽을 관통하는 정신문화의 중요한 유산이 되었고 1993년 유네스코 세계문화유산에 지정되었다.

산티아고로 가는 길은 여러 갈래이다. 그중 사람들이 가장 많이 찾는 길은 '프랑스 사람들의 길'이라는 뜻의 '카미노 프란세스(Camino Frances)'이다. 프랑스 남부 국경 지역에서 피레네 산맥을 넘어 산티아고 데 콤포스텔라까지 800킬로미터를 걷는다. 굳이 기독교도가 아니어도 이곳을 찾는 사람들이 많은데, 10여 년 전 서명숙이라는 여행가의 소개를 계기로 짧은 시간에 갑자기 우리나라 순례객이 폭발적으로 늘어났다.

산을 넘고 들판을 지나고 도시와 시골을 거쳐 가는 이 길에서는 다양한 풍광을 만나게 된다. 또한 천천히 걸으면서 깊은 사색뿐만 아니라 육체적 단련의 기회까지 얻을 수 있다.

우리 역시 종교적 의미는 제쳐놓더라도 은퇴한 이후 지난 날들을 조용히 돌아보는 시간을 가질 수 있었고, 건강에도 더할 나위 없었다. 깨끗한 환경에서 맑은 공기를 마시며 자연스럽게 제한된 식사를 하고 매일 걸어야 했기 때문이다. 사실 일상생활에서는 제한된 식사를 하거나 매일 규칙적으로 일정한 거리를 걷기가 쉽지 않다. 굳은 결심을 해도 사람들과의 만남이나 일상의 자잘한 일들이 어김없이 끼어들고, 편안한 환경의 유혹을 떨쳐버리기가 힘든 것이다.

조급함은 버리고

800킬로미터 거리를 어찌 조급하게 걸을 수 있을까. 그 먼 길을 걸어가려면 느긋함부터 배워야 하는지도 모른다. 아니, 천천히 오랫동안 걷다 보면 저절로 여유로움이 몸에 밸 것이다. 순례길에 오르고 우리는 여러 차례 느긋함을 시험해야 했다.

바르셀로나 산츠 역에서 팜플로나행 기차를 타기 전에 필요 없는 짐들을 추려서 한국에 보내기로 했다. 소포용 상자를 사서 짐을 담고 짐표도 작성해서 기다리는데 몇 사람 되지도 않는 줄이 줄어들 기미를 보이지 않았다. 기차 시간이 촉박하다고 재촉하는데도 마치 일부러 골탕을 먹이려는 듯 여전히 속도를 내지 않고 꾸물대는 것이었다. 결국 1시간가량 걸려서 짐을 부치고 영수증을 낚아채다시피 빼앗아 들고 역으로 허둥지둥 달려 출발 직전에 간신히 기차를 탈 수 있었다.

차를 놓칠지도 모른다고 부탁을 했는데도 직원의 움직임이 조금도 빨라지지 않는 것을 보면 원래 습성이 그런 듯했다. 무엇이든 빨리빨리를 외치는 한국에서는 상상도 할 수 없는 일이었다. 처음부터 순례길은 느긋함과의 전쟁이었다.

산티아고 순례길에는 사람들의 편의를 위해 불필요한 짐들을 산티아고 우체국으로 보내면 일정 기간을 무료로 보관해 주는 제도가 있다. 순례길에는 굳이 필요 없는 짐들을 덜기 위해 8시 30분에 숙소를 나서서 우체국에 도착했다. 그런데 평일과는 달리 토요일은 9시 30분에 문을 연다는 것이었다. 또다시 1시간을 우두커니 기다려야 했다.

느긋하게 생각하자고 속으로 되뇌면서 뒷사람에게 배낭

을 부탁하고 슈퍼마켓으로 가서 점심에 먹을 하몽과 파프리카를 사기로 했다. 사람들의 여유만만한 일 처리는 전날 바르셀로나 우체국과 별반 다르지 않았다. 볼펜이 하나밖에 없다며 가지러 가는가 하면, 갑자기 일을 하다 말고 알아듣지도 못하는 바스크어(프랑스와 스페인 국경 지역인 피레네 산맥 부근에 사는 바스크인들이 쓰는 말)로 다른 직원들과 이야기를 나누는 등 짐 하나를 부치는 데 꼬박 30분이 넘게 걸렸다. 맨 처음 도착하지 않았더라면 1시간도 더 걸렸을 것이다. 아까운 시간을 허비한 듯한 기분은 6유로에 한 달 동안 짐을 맡길 수 있다는 것으로 달래야 했다.

길 위의 하루

산티아고 순례길이 지나가는 마을의 카페나 순례자 숙소, 여행 안내소에 가면 순례자 수첩을 얻을 수 있다. 이 수첩에 마을의 도장을 찍으면서 순례길을 걷는 것이다. 우리나라 올레길을 걸을 때 구간마다 확인 도장을 찍는 것과 비슷하다. 팜플로나에 도착하자 마자 순례자 숙소로 가서 수첩을 받고 필요한 물품을 구입했다. 2년 전에 비해 순례자 숙소에도 한국인이 부쩍 눈에 띄었다.

피레네 산맥 서부의 팜플로나는 산티아고 순례길이 지나가는 도시로 많은 여행객들이 찾는 곳이다. 헤밍웨이가 오랫동안 머물면서 글을 쓴 곳으로 유명하기도 하다. 우리의 순례길은 여기서 시작되었다.

우리는 아침에 일찌감치 출발하기로 했다. 어둠 속에서 짐을 꾸려 배낭에 쑤셔 넣고 아침 체조로 출발기념식을 치른 다음 길을 떠났다. 어둠 속이지만 간간이 나타나는 희미한 표지를 확인하면서 한발 한발 옮겨갔다. 순례길에는 모든 갈림길마다 노란 화살표와 조개껍질 모양으로 방향 표시를 해두었다.

새벽에 나섰으니 아침은 길에서 해결해야 했다. 우리는 8시 무렵 길가의 예쁜 돌 벤치에 앉아 아침 식탁을 차렸다. 아직까지 자고 있을 주인을 일부러 깨워 정성껏 가꾼 마당을 좀 빌려도 되겠냐고 하려니 오히려 더 민폐가 될 것 같았다. 그래서 조용히 먹고 흔적도 없이 깨끗하게 정리하고 떠나는 것이 더 나을 듯했다.

어제저녁에 준비해 둔 빵과 치즈, 하몽, 요구르트 복숭아와 파프리카…… 순례객의 밥상이 이렇게 푸짐할 수가 없다. 몇백 킬로미터를 걷는 고행길이나 마찬가지지만, 곳곳에서 풍요로운 자연을 만나고, 낭만적인 아침을 먹는 것으로 마음이 채워진다.

그런데 산티아고 순례길을 걷다 보면 점차 발이 아파온다. 그러면 주위의 경관을 둘러보며 감상할 여유는 슬금슬금 흩어져버린다. 이럴 때면 하루 목표한 거리를 채우기 위해 발아래만 보며 무작정 걷게 된다.

길 위에서는 하루하루가 거의 똑같다. 때로는 즐겁고 때로는 힘들고, 다양한 사람들을 만나 친분을 쌓고, 얄팍한 언어 실력으로 잃어버린 짐을 찾아주기도 한다. 때로는 풍광에 취해 감탄을 하며 걷는가 하면, 때로는 지친 걸음을 겨우 떼기도 한다. 그렇게 산티아고까지 걷기를 한 달여. 돌이켜보면 그 한 달 동안의 시간이 우리 삶을 함축해서 보여주는 것 같다. 똑같이 반복되는 하루하루에 인간의 희로애락이 모두 담겨 있으니 말이다. 그런 점에서 산티아고 순례길은 걸음걸음이 삶의 깨달음으로 이어진다.

여행이라는 유산

물려줄 수 있는 것

이탈리아 시칠리아 섬 남쪽에 있는 몰타는 유럽 사람들이 즐겨 찾는 휴양지이기도 하지만, 역사적으로 1565년 오스만제국과 몰타 기사단(구호기사단) 사이에 벌어진 대규모 몰타 공방전의 현장이었다. 이 전투에서 승리한 것을 계기로 유럽의 그리스도교 세계는 이슬람교 세계의 대대적인 침공으로부터 안전을 유지할 수 있었다. 십자군 원정 시기에 성지와 순례자들을 보호하기 위해 기사단이 조직되었는데, 몰타 기사단은 북아프리카의 해적들을 소탕하기 위해 몰타에 근거지를 마련했다고 한다. 페니키아, 그리스, 카르타고, 로마, 기독교, 이슬람교 등 각양각색의 문화가 거쳐 간 지역으로 역사의 흔적이 많고, 자연경관도 아름다운 몰타는 꼭 가보고 싶은 여행지 중 하나였다.

스페인과 포르투갈을 거쳐 몰타까지 이어지는 원래의 여정은 뜻밖에 가족 여행으로 계획이 시작되었다. 평소 여행을 자주 다니다 보니 할아버지로서 손주들에게 줄 수 있는 것은 여행 경험이라는 생각이 들었다. 아이들이 더 크면 할아버지와 할머니와 보내는 시간이 점점 줄어들 테니 더 늦기 전에 좋은 여행을 선물하고 싶었던 것이다.

소원이 이루어지는 곳, 몬세라트 수도원

싱가포르를 거쳐 바르셀로나에 도착한 것은 아침 9시가 다 되었을 무렵이었다. 우리가 묵을 숙소는 아파트식 건물 구조의 아우라 파크 아파트 호텔이었다. 예약할 때 사진으로 보기는 했지만 실물은 어떨지 은근히 걱정스러웠다. 하지만 방도 깔끔하고 넉넉한 주방에 조리 기구도 모두 갖춰져 있어 만족스러웠다. 더구나 걸어서 5분 거리에 R5 지하철 1호선이 있어서 교통도 더할 나위 없이 편했다. 스페인에서 첫 여행지로 잡은 곳은 바르셀로나에서 북서쪽으로 약 50킬로미터 떨어진 몬세라트 수도원이었다. 바르셀로나에서 당일치기로 다녀올 수 있는 곳이다.

몬세라트 수도원에 가려면 아에리 기차역에서 바로 연결되는 케이블카로 산 중턱까지 올라가야 한다. 그래서 기차표와 케이블카를 모두 탈 수 있는 종합통행권을 이용하면 편리하다.

카탈루냐어로 '몬(mont)'은 '산', '세라트(serrate)'는 '톱니 모양'을 뜻하는데, 이름만으로도 험산임을 짐작할 수 있다. 삐죽빼죽 솟은 바위산을 보면 그런 이름을 붙일 만하다는 생각이 든다. 1025년 이 험준한 바위산에 세워진 것이 몬세라트 수도원이다. 성당에 안치된 검은 성모상은 바르셀로나가 속하는 카탈루냐 지방의 수호성인이다. 성모상을 만지면 소원이 이루어진다고 하여 수많은 사람들이 찾는다고 한다. 아니나 다를까 사람들의 줄은 성당 밖까지 이어졌다. 미사 시간을 제외하고 볼 수 있는 시간이 정해져 있어서 우리도 1시간 30분을 기다려서야 비로소 성모상을 볼 수 있었다.

성모상을 보고 되돌아 나왔을 때 그제야 성당의 웅장한 모습이 눈에 들어왔다. 하지만 수많은 관광객에게 떠밀리듯 나오다 보니 미처 감흥을 느낄 새가 없었다. 더구나 관광객을 위한 편의 시설까지 늘어나 성스러운 장소라는 느낌이 들지 않아 아쉬웠다.

산꼭대기에서 아름다운 전망을 보려면 산 후안 전망대 아니면 산타 코바 전망대로 올라가야 한다. 산 후안은 수도원 위쪽에 있고, 산타 코바는 수도원 아래쪽에 있다. 위쪽의 산 후안 전망대는 굳이 등산할 필요 없이 산악 기차인 푸니쿨라를 타면 쉽게 오를 수 있다. 산타 코바는 아래쪽에 있어서 가지 못하고 산 후안 전망대로 올라갔다. 멋있는 산세가 안갯속에 묻혀가는 모습은 마치 한 폭의 아름다운 수채화를 보는 듯했다.

바르셀로나에서 기차로 2시간가량 달리면 볼 수 있는 작은 마을 피게레스는 치즈처럼 녹아내리는 시계 그림으로 유명한 초현실주의 작가 살바도르 달리의 고향이다. 여기에는 그가 직접 디자인한 박물관이 있다. 2년 전에 가본 적이 있지만 다른 가족들에게 보여주고 싶었다. 예술 작품을 감상하기에 아직은 어린 나이지만 아이들 나름대로 한마디씩 하며 흥미로워했다. 깊은 예술적 가치를 느낄 수는 없겠지만 언젠가 세상을 보는 밑그림으로 도움이 되지 않을까 싶다. 나 역시 2년 전의 감동이 새롭게 솟구쳤다.

이후 그라나다로 넘어가서 암산 위에 세워진 이슬람 건

축물인 알람브라 궁전을 보고, 해 질 무렵 알바이신 언덕의 돌담에 다리를 뻗고 앉아 이국의 정취에 젖기도 했다. 해발 750미터의 산들이 둘러싸고 요새처럼 지어진 협곡 도시 론다를 거쳐, 콜럼버스의 항해가 시작된 세비야로 갔다. 육지 끝에 이르면 끝없는 낭떠러지로 우주에 떨어진다고 믿었던 시대에, 콜럼버스는 지구가 둥글다는 신념 하나로 신대륙을 찾아 바로 이곳에서 바다로 나아갔다.

지구를 내려다보는 기분

이베리아반도의 땅끝에서 지브롤터 해협을 향해 뻗은 반도인 지브롤터는 지중해와 대서양이 만나는 지점의 전략적 요충지로 영국 영토이다. 스페인은 자국의 땅에 영국령이 있는 셈이라 300년 가까이 계속 반환을 요구하고 있다. 하지만 지브롤터와 마주 보고 있는 아프리카의 모로코 땅 북쪽 끝에는 스페인령 세우타가 있다. 똑같은 논리로 모로코는 스페인에 반환을 요구하고 있으나 400년간의 영유권을 주장하며 거부하고 있다. 자국의 이익만을 앞세운 논리로 서로 남의 땅을 차지하고 반환을 거부하는 것이다.

해협을 마주 보고 있는 지브롤터 바위에 올라서면 아프

지브롤터 바위

리카 대륙의 북쪽 끝을 볼 수 있으니, 세상 어느 누구라도 탐낼 만한 곳이라는 생각이 든다. 이곳에 서니 마치 지구 전체를 내려다보는 기분이다. 지금은 잘 모르겠지만 먼 훗날 희미한 기억이나마 아이들이 이때를 생각하면 세상을 바라보는 폭이 조금은 넓어지지 않을까.

세상 끝 그리고 포르투갈의 에그타르트

가족 여행은 세상 끝으로 이어졌다. 유럽의 서쪽 끝, 포르투갈의 카보 다 로카(Cabo da Roca), 일명 호카곶이다. 약 480킬로미터 5시간이 넘는 거리였다. 포르투갈과 연결된 고속도로에는 국경을 나타내는 장벽은 고사하고 '여기까지 스페인 땅입니다'라든지 '또 오십시오' 혹은 '여기서부터 포르투갈 땅입니다'와 같은 표지판 하나 없다. 스페인인지 포르투갈인지도 모르게 지나쳐버리는 것이다. 주위 경관과 간판이 조금씩 달라지기 시작하면서 국경을 넘어왔구나 싶다.

호카곶은 시골 길을 한참 따라 들어가야 하는데도 대서양에 면한 땅끝이라는 이유로 많은 사람들이 찾는다. 상술이 엿보이는 대목이기는 하지만, 멋진 글씨체로 이름을 적은 땅끝 방문 증명서를 11유로에 발급해 준다. 땅끝에서 해안길을 따라 북쪽으로 가면 신트라가 나온다. 신트라는 산봉우리를 따라 세워진 동화 같은 건축물들이 감탄을 자아내는 곳이다. 신트라는 리스본에서 기차를 타고 당일치기로 여행할 수 있는 곳이다.

장거리 운전에 지치고 주차로 애를 먹은 적이 많아 리스본은 트램을 타고 둘러보기로 했다. 제로니모스 수도원으로 가는 트램은 발 디딜 틈 없이 사람들로 꽉 찼다. 그러더니 벨렘 지구에 도착해서는 차비도 받지 않아 사람들이 우르르 그냥 내렸다. 우리 가족도 본의 아니게 5인분의 차비를 내지 않고 내렸는데, 뭔가 시스템이 제대로 갖춰지지 않은 느낌이었다.

벨렘 지구는 리스본에서 가장 인기 있는 관광지인 제로니모스 수도원과 벨렘 탑이 있지만, 그보다 유명한 것이 에그타르트의 원조 빵집이다. 에그타르트는 제로니무스 수도원에서 처음 만들어졌고, 원조집은 수녀들의 비법을 전수받아서 만들었다고 한다.

역시나 점심시간이 한참 지났는데도 바깥까지 줄이 늘어서 있었다. 잠시 기다렸다가 자리에 앉아서 원조 에그타르트를 맛보았다. 나이 든 사람의 입맛에는 그저 그랬지만, 혹여 젊은이들과 이야기를 나눌 때 한마디 둘러댈 이야깃거리로 좋은 소재일 듯했다. 전 세계적으로 유명한 에그타르트 원조를 맛보았으니 말이다.

파티마, 화해의 성지

파티마는 성모님이 출현한 곳이라 하여 매년 400만 명이 넘는 가톨릭 순례자들이 찾는다. 1917년 코바 다 이리아라는 목초지에서 3명의 양치기 소년 앞에 성모님이 나타난 것을 기념하여 세워진 곳이 파티마 대성당이다.

리스본에서 파티마까지는 23킬로미터로 그리 멀지 않다. 우리는 시속 120킬로미터로 고속도로를 달렸다. 그런데 운전을 하면서도 계속 움찔움찔해야 했다. 빠른 속도로 달리는데도 코앞에서 끼어드는 운전자들이 많았던 것이다. 끼어드는 운전자들의 무덤덤한 표정도 그렇고, 한두 사람이 그런 게 아닌 것으로 보아 이 나라 사람들의 운전 습관인 듯했다.

주유소에서도 고개가 갸웃하기는 마찬가지였다. '셀프 서비스'라고 큼지막하게 적어두었는데, 아무리 해도 작동되지 않아 멀리서 쳐다보고 있는 직원을 불렀다. 기계를 만지작거리더니 주유를 하는 것으로 보아 별도의 조작 장치가 있는 것 같았다. 그런데도 '셀프 주유'라고 적어놓았으니 의아할 뿐이었다.

며칠 여행을 해보니 포르투갈은 우리나라와는 조금 다른 체계로 돌아가는 듯했다. 하나하나 따지지 않는다고 할까, 좋게 말하면 너그럽다고 할까. 앞에서 말했듯이 트램을 탄 승객들에게 요금을 받지 않은 일도 있었다. 그리고 오늘 아침에도 숙박비를 정산했는데, 저녁에 정리하다 보니 3명의 식사 비용을 빼고 계산한 것이었다. 몇십 유로를 덜 내고

파티마 성모상

왔지만 이미 너무 멀리 와버려 다시 돌아가기도 뭣했다. 뒤늦게 알게 되더라도 너그럽게 생각해주기를 바랄 수밖에 없었다.

파티마 성지에는 주제별로 나눠 성당을 배치해 두었는데, 그중 특이한 것이 화해의 성당이다. 십자가 중앙에 수난의 예수 대신 회개한 죄수를 배치한 것이다. 대성당 묘소에는 성모님을 목격한 세 사람의 무덤이 있고, 파티마의 기적에 관한 내용이 스테인드글라스로 표현되어 있다.

세상에서 가장 아름다운 서점

포르투갈 제2의 도시 포르투. 포르투갈이라는 나라명은 이 도시의 이름에서 유래했고, '포르투'라는 말이 '항구'라는 뜻이다. 와인이 변질되는 것을 방지하기 위해 브랜디를 넣은 데서 시작된 포트와인으로 유명하며, 현대에 이곳을 유명하게 만든 것은 바로 《해리 포터》 시리즈이다. 조앤 롤링이 포르투에 살 때 자주 들렀던 서점으로 《해리 포터》에 대한 영감을 얻었다는 일명 렐루 서점(Livraria Lello e Irmao)이 바로 이곳에 있다. 1881년에 세워져 포르투에서 가장 오래된 서점이며, 세계에서 가장 아름다운 서점으로 꼽힌다.

역시나 렐루 서점 앞에서도 줄을 서야 했다. 사람들이 너무 많이 몰려들어 9시부터 10시까지만 방문객에게 사진 촬영을 허락한다는 것이다. 운 좋게도 우리 일행까지만 입장이 허락되었고, 아내 뒤에 줄을 섰던 사람부터는 일반 개점 시간을 이용해야 했다.

서점에 들어서는 순간 조앤 롤링이 영감을 받을 만하다는 생각부터 들었다. 내부가 화려한 나무 장식으로 꾸며져 고풍스러운 분위기를 풍기고, 특히 2층으로 오르는 계단은 스테인드글라스 창문과 어우러져 아주 독특하고 신비롭다.

렐루 서점

이리저리 둘러보는 사이 어느새 10시가 되자 즉각 사진을 찍지 말라고 당부한다. 너무 짧은 시간이라 아쉽지만 길게 줄을 서고도 사진을 찍지 못하게 된 방문객들을 생각하면 살짝 미안한 생각도 든다.

낮에는 헬리콥터를 타고 하늘에서 포르투를 내려다보고, 저녁에는 야경을 구경하기로 했다. 하지만 그동안 휘황찬란한 야경을 너무 많이 봐온 탓인지 큰 구경거리가 되지는 못했다. 유럽 전체를 통틀어 내로라할 만큼 오래된 도시인 데다 중세 시대 건물도 즐비하지만 시청도 그렇고 해변에도 불빛이 많지 않아 기대에 못 미치는 야경이었다.

뜻밖에 만난 여행의 진수

바르셀로나로 돌아가기 전에 마지막으로 묵은 곳은 알타미라 동굴 부근의 산티야나 델 마르이다. 한 번도 들어본 적 없는 이 작은 마을이 사실은 스페인에서 가장 아름다운 곳이라고 하니 뜻밖의 횡재를 한 기분이었다. 중세 시대의 모습 그대로 온전하게 보존되어 있는 산티야나 델 마르를 산책하다 보니 수백 년의 시공을 뛰어넘은 것 같았다. 우연히 들른 곳에서 말로 표현하기 힘든 감흥을 느끼는 것, 이것이 여행의 진수가 아닐까.

며칠 전 포르투에서 만난 어느 부인이 알려준 산티야나 델 마르 동물원은 관람 구역이 40여 개에 달할 만큼 엄청난 규모에 볼거리도 많아서 어른이나 아이 할 것 없이 시간 가는 줄 모르고 빠져든다.

산티야나 델 마르에서 서쪽으로 달리면 작은 마을 코미야스가 나온다. 카탈루냐 지역을 제외하고 안토니오 가우디의 작품을 감상할 수 있는 유일한 곳이다. 가우디의 초기 작품으로 여름 별장을 의뢰받아 건축했는데, 현재는 박물관으로 이용되고 있다. '엘 카프리초 데 가우디(El Capricho de Gaudi)'는 '가우디의 변덕'이라는 뜻이다. 외관은 주로 해바라기와 녹색 타일, 벽돌로 장식되어 있고, 내부는 별장으로 쓰이던 것을 그대로 재현해 두었다. 자연에서 모티프를 얻는 가우디의 작품 스타일이 엿보이고, 바르셀로나에 있는 카사 밀라의 표현 형식과 연결되는 듯했다.

2장

두려움을 넘어서면 즐거움이 보인다

불행과 우연이 선사한 요르단 여행

긴장과 위험의 경계

생물은 크게 동물과 식물로 나뉜다. 동물은 운동 기능이 발달하여 움직일 수 있는 생물을 가리킨다. 그렇다면 동물은 왜 움직일까. 본능적인 관점에서 보면 두 가지 이유를 들 수 있다. 바로 공포와 이익이다. 이익을 얻기 위해 움직이거나 공포를 피하기 위해 움직이는 것이다.

저 열매를 따 먹으면 맛있을까 또는 저놈을 잡아먹어야 주린 배를 채울 수 있다는 식으로 자신에게 어떤 도움이 된다면 움직인다. 또한 자기보다 더 센 놈에게 해를 입거나 잡아먹히지 않기 위해 달아날 때 몸을 움직인다.

사람이 움직이는 이유도 근본적으로는 같은 맥락이다. 사람들은 일상적으로는 먹고사는 데 별문제 없다면 익숙한 환경에서 벗어나려고 하지 않는다. 낯선 곳에서 긴장감을 즐기는 사람도 있겠지만, 이러한 긴장 상태를 느끼고 싶지 않아 보금자리를 떠나려 하지 않는다.

그러므로 어딘가로 여행을 떠나는 사람들은 긴장감을 상쇄하고도 남을 만큼 유익한 뭔가가 있는 곳을 미리 지정하고 가게 마련이다. 공포를 피하기 위해 여행을 떠나는 사람은 없을 테니 말이다. 그것은 여행이 아니라 마지못한 도피일 것이다.

익숙하지 않은 곳으로 향하는 발길이 언제나 가벼울 수만은 없다. 더욱이나 말도 통하지 않는 외국으로 혼자 여행을 떠나기란 쉽지 않다. 말하자면 이익의 맞은편에 공포가 숨어 있을지도 모르기 때문이다.

손주와 며느리를 동반하고 스페인과 포르투갈을 여행한 뒤에 가족들은 귀국하고 우리 부부만 따로 떠난 여행은 잠시 이익이 공포에 자리를 내준 순간이었다. 다음 행선지는 지중해의 아름다운 섬 몰타였다. 한국을 떠나기 전 몰타로 가는 비행기 표와 도착지의 숙소까지 미리 예약하고 4개월

일정의 여행을 떠난 것이었다.

그런데 비행기 시간에 맞춰 바르셀로나 공항의 해당 창구로 갔는데 예약이 취소되었다는 것이다. 한바탕 소동을 벌인 끝에 알고 보니 나의 실수였다. 보통 예약만 하면 되는 것과 달리 이 항공사는 추가로 신상 정보를 팩스로 요구했다. 그런데 내가 깜박하고 보내지 않았다. 신상 정보가 들어오지 않자 항공사는 예약을 취소하고 통보를 했다고 하는데, 비용을 줄인답시고 전화를 차단하고 출국해 취소 문자를 받지 못한 것이다. 그야말로 생각지도 못한 어이없는 실수였다. 더구나 짐 보따리를 들고 남의 나라 공항에서 비행기 표도 없이 우두커니 서 있는 현실이라니.

우리는 배낭을 멘 채로 공항 통로 한가운데 서서 어디로 갈지 머리를 짜냈다. 몇몇 곳이 거론된 끝에 아내는 오래전 가보았지만 나는 처음인 이집트로 결정했다. 우선 이집트항공 창구로 갔지만 직원들이 아직 나오지 않았다. 할 수 없이 항공사 창구마다 들러 비행 편을 확인해 보았지만 좌석이 매진이었다.

맥이 빠지는 가운데 일방적으로 통보하듯이 내뱉은 곳이 요르단의 암만이었다.

"페트라 유적지 보러 가자!"

"그게 뭔데?"

"기원전에 바위로 건설된 도시인데, 세계 7대 불가사의 중 하나래."

"어디 있는데?"

"요르단."

"요르단?"

아내의 얼굴에는 말도 안 된다는 표정과 함께 공포가 떠올랐다. "그런 데를 가도 되냐?"는 반문 속에는 불안이 묻어났다.

사전에 계획한 곳도 아니고 별다른 정보도 없이 불쑥 정한 여행지가 어떤지는 정확히 알 수 없었다. 하지만 한국에서 접한 미디어 정보에서는 요르단 여행을 불안해할 만한 특별한 요소가 없었다. 아라비아반도에 있고 분쟁 지역과 국경을 맞대고 있기는 했지만 요르단 자체는 안정된 곳으로 여행이 가능한 나라였다.

우선 요르단왕립항공사를 찾았지만 좌석이 매진이었다. 항공사 창구를 순례하다시피 들러서 겨우 구한 것이 이스탄불을 경유하는 터키 항공 표였다. 들뜬 나와는 달리 긴장한 아내를 달래며 비행기에 몸을 싣고 이스탄불을 거쳐 자정이 넘어서야 요르단의 수도 암만에 도착했다.

몰타의 숙소는 이역만리에 있고, 당장 오늘 밤 몸을 뉘일 곳이 없었다. 이른 시간이라면 현지인의 삶 속으로 한 발짝 더 다가가 볼 요량으로 무조건 대중교통을 이용했겠지만 버스는 이미 끊긴 시각이었다. 공항 바닥에서 잠을 청할 수도 없는 노릇이라 시내 중심가로 가려고 일단 택시를 탔다. 그런데 암만 공항의 택시 운영 방식이 조금 묘했다.

행선지까지 가는 요금을 내고 도착 권역의 표를 받아 순번대로 배차하는 방식이었다. 일단 호텔이 많은 곳을 물었더니 한 지역을 추천해 주었다. 책으로 아랍어 기초 회화를 잠시 공부한 적은 있지만, 갑자기 오게 되었으니 인사말 외에 기억나는 것이 하나도 없었다. 손짓 발짓을 할 각오를 하고 택시에 탔는데 다행히 영어로 의사소통이 가능한 기사였다.

언젠가 한번은 가봐야지 했던 요르단 여행은 이렇게 아무런 준비 없이 시작되었다. 몸은 이미 요르단의 수도 암만에 와 있고, 이제 직접 부딪힐 수밖에 없었다. 어떻게 보면 이것이야말로 진정한 여행이 아닌가 싶은 마음에 흥분 섞인 긴장감이 온몸에 퍼졌다.

통계상으로 보면 내가 탄 비행기가 추락할 확률은 로또 복권에 당첨되는 것만큼이나 어렵다. 더없이 안전한 집 안에 있던 사람이 갑작스러운 지진으로 다치거나 목숨을 잃기도 한다. 겉으로는 몹시 위험해 보이지만 실상 그 안으로 들어가면 별것 아닌 경우도 많다. 수년 전 태국 방콕에서 사람들이 죽기까지 한 대규모 소요 사태가 벌어졌다. 그때 마침 태국 북부에 있었는데 한국에서 보도된 뉴스를 보고 놀란 가족이 전화를 했었다. 하지만 실상은 방콕 시내의 한 블록만 통행이 제한되었을 뿐, 전국적으로 위험한 것은 아니었다.

가만히 앉아 있어서는 뭔가를 얻을 수 없다. 집 안에서 요행을 바랄 수는 없기 때문이다. 물질적인 것이든 정신적인 것이든 사람은 움직인 만큼 얻게 마련이다.

불가사의를 품은 페트라

요르단의 수도 암만에서 제트버스(JET BUS)를 타면 페트라로 직행한다. 그런데 방금 구입한 버스표가 사라지고 없는 것이었다. 아무리 찾아봐도 보이지 않았다. 다행히 우리의 얼굴을 알아본 매표원이 운전기사에게 얘기해서 표를 제시하지 않고 출발할 수 있었다. 그런데 나중에 아내의 겉옷 안주머니에서 나온 버스표를 보고는 실소를 금치 못했다.

사막을 건너 도착한 페트라 유적지에서는 과연 대단한

페트라

광경들이 연이어 나타났다. 해발 950미터 고원의 사막 지대에서 바위산을 깎아 만든 도시라니, 세계 7대 불가사의에 들고도 남을 듯했다. 좁은 바위 틈새 길을 걸어가면 고대의 신전 알카즈네가 나오는데 높이 43미터, 너비 약 30미터의 규모에 압도되고 만다. 베두인어로 '보물 창고'라는 뜻의 알카즈네는 영화 <인디아나 존스>의 배경지로 유명하다.

페트라는 기원전 7세기경 아라비아반도와 시리아에서 대상이 지나가는 경로를 지배하던 나바테아인이 건설한 도시이다. 페트라는 그리스어로 '바위'를 뜻한다. 교회 유적, 원형극장, 수도원, 목욕탕, 상수도 시설 등 사막의 바위 암벽을 파서 현대 못지않은 도시를 건설한 나바테아인들의 머릿속에 도대체 어떤 정신이 깃들어 있었을까 전혀 짐작이 가지 않는다.

기원전 312년 알렉산드로스 대왕이 대군을 이끌고 여기까지 쳐들어올 만큼 이미 번성한 상업 도시였다니 그저 놀랍기만 할 따름이다.

2천 년 전의 영광을 뽐내는 제라시

기원전 로마제국의 유적이 잘 보존되어 있는 제라시도 빼놓을 수 없다. 이름만은 대부호와 같은 만수르 호텔에서 3원(JOD)을 주고 노란색 택시를 불러 북부 터미널로 갔다. 제라시로 가는 버스를 탔지만 손님이 우리밖에 없었다. 두리번거리고 앉아 있으니 한 사람이 올라와 24명의 정원이 모두 차야 출발한다는 것이었다. 그러면서 두세 시간을 기다려야 할지도 모르니 통상 20원 받는 택시비를 15원으로 깎아줄 테니 택시를 타라고 덧붙였다. 그 말에 솔깃해서 내리려고 하는데 몇 사람이 버스에 올라탔다. 곧바로 마음이 바뀌어 기다려보니 불과 15분도 안 되어 정원을 채우고 버스가 출발했다. 한 사람에 1원씩 2원이면 40분 만에 올 수 있는 것을 괜한 짓을 할 뻔했다.

제라시 유적은 입구의 하드리아누스의 아치부터 놀라움을 자아냈다. 원형 전차 경기장, 둥근 광장과 제우스 신전, 아르테미스 신전, 목욕장, 사각 탑, 주랑 등 2천 년 전의 영광을 유감없이 발휘하고 있었다. 우리가 본 것이 전체의 20퍼센트밖에 되지 않는다고 하니 그 규모가 도무지 상상이 되지 않는다.

원형극장 무대 한가운데 올라서서 한 곡조 뽑으라는 아내의 짓궂은 주문을 선뜻 받아들여 노래 한 곡을 했더니 뜻밖의 행운이 또 찾아왔다. 한 신사가 노래 잘 들었다며 손수 운전하는 승용차에 태워주어 버스 터미널까지 편안히 오게 된 것이었다.

제라시 원형경기장

살아 숨쉬는 아라비아의 로렌스

'달의 계곡'이라는 뜻의 와디룸은 거대한 바위산이 있는 사막 지대로, 제1차 세계대전 당시 아라비아의 로렌스가 근거지로 삼았던 것이다. 로렌스가 찾아냈다는 산 중턱의 샘은 지금도 사람들과 가축들의 중요한 수원이 되고 있다. 덧붙여 페트라에서 그리 멀지 않은 곳에 리틀 페트라로 불리는 작은 협곡이 있다. 찬찬히 살펴보면 페트라 유적에 비해 손색없는데 찾는 사람들이 거의 없어서 무료로 개방하고 있다.

아주 좁은 바위틈을 지나면 조금은 폭이 넓어지면서 양쪽으로 바위벽을 깎아 만든 신전과 주거지가 나타난다. 페트라가 상업 중심지였다면 이쪽은 부자 동네의 한복판인 듯 보였다. 사방이 돌로 둘러싸인 전면에 마치 천국으로 오르는 계단처럼 높이 솟은 돌계단이 있다. 울퉁불퉁한 돌계단을 오르면 산 정상에 이르러 탁 트인 사막을 내려다볼 수 있다.

결국 모르는 세상에 대한 두려움을 이겨내자 온갖 기쁨과 즐거움 그리고 행운이 돌아왔다. 하지만 그보다 더 값진 소득은 무엇보다 아내가 여행에 대한 자신감을 얻었다는 것이다. 물론 전쟁 지역이나 사회가 불안정한 나라로 여행을 하는 것은 위험천만한 일이다. 하지만 그렇지 않은 곳까지 선입견을 가질 필요는 없다.

'뭐, 별거 아니네!' 요르단을 떠나면서 아내가 한 말이었다. 페트라를 비롯한 사막 여행이나 상상도 못했던 제라시 유적, 대부분의 여행객이 지나쳐버리는 리틀 페트라를 두고 한 말이 아니었다. 오기 전에는 두려움이 가득했는데 막상 와 보니 생각보다는 안전하고 너무나도 감동적인 여행이었다는 뜻이다. 이후로는 아내도 새로운 곳을 찾아가는 발길이 훨씬 가벼워졌다.

한밤중에 숙소 구하기부터 쉽지 않고, 아랍어를 모르니 의사소통에도 어려움이 많았고, 어디를 봐야 할지도 알 수 없었다. 하지만 불편함과 두려움을 상쇄하고도 남을 정도로 많은 것을 얻은 여행이었다. 우리는 작은 공포 동기에게 훨씬 더 큰 이익 동기를 묶어두고 있지는 않은가. 독자 여러분도 한 번쯤은 예정하지 않은 낯선 곳에 떨어지는 작은 모험을 해보길 권하고 싶다. 그러면 더 넓은 세상으로 나아가는 즐거움을 맛보게 될 것이다.

여전히 살아 있는 아테네

역사를 품은 전경

갑자기 하늘에서 뚝 떨어진 듯 세계 7대 불가사의인 페트라, 〈아라비아의 로렌스〉의 현장, 제라시 유적을 둘러본 우리는 자연스럽게 다음 여행지로 유럽 문명이 시작된 나라 그리스를 떠올렸다. 고대 그리스의 대표적인 도시국가 아테네와 스파르타를 볼 수 있다는 기대로 아테네행 비행기에 몸을 실었다.

아테네에 도착하자 공항에서 바로 연결되는 메트로 블루라인 3을 타고 신타그마에서 레드 라인으로 갈아탄 다음 숙소가 있는 시그루픽스역에 내렸다. 시그루픽스역은 약간 언덕 위에 있어서 계단을 오르기도 하고 경사진 도로를 올라가야 했지만, 아크로폴리스와 제우스 신전, 아고라가 가까이 있어 아테네 시내를 둘러보기에 더없이 좋은 곳이다.

매우 친절한 사람들 덕분에 처음 온 나라인데도 편안한 기분이었다. 공항은 물론 전철에서 만난 사람들도 친절하게 아테네의 이모저모를 소개해 주었다. 역을 빠져나와 예약된 숙소를 찾으려는데 쉽지가 않았다. 평면 지도와 입체적인 실제 모습이 제대로 연결되지 않는 것이었다. 할 수 없이 복권을 파는 가게로 들어가 길을 물었다. 주인장은 밖으로 나와 열심히 설명하더니 그래도 부족하게 여겼는지 가게 안으로 우리를 데리고 들어가 컴퓨터 모니터로 자세히 보여주기까지 했다.

이튿날 아침 식사를 하러 호텔 옥상에 있는 식당에 들어가니 어릴 때부터 역사책에서 사진으로 봐온 아크로폴리스 언덕과 파르테논 신전이 새롭게 한눈에 들어온다. 사방으로 아테네 시내가 내려다보이는 곳이지만 바닷가 저지대의 언덕인 만큼 고도는 150미터에 지나지 않는 곳이다. 그래도 역사적인 풍광을 마주하니 마치 꿈만 같았고, 그림 속을 들여다보는 기분이었다.

아고라의 도시

그리스 도시국가의 중심지가 아크로폴리스라면 아고라는 시민들의 일상생활이 이루어지는 곳이다. 아고라는 도시국가의 광장을 이르는 말인데 원래 '시장'의 의미로 쓰이다가 '모임'을 뜻하게 되었다. 시민들의 문화와 예술의 장이었으며, 집회와 재판이 이루어지는 곳이기도 했다. 파르테논 신전과 아크로폴리스를 넘어 아고라로 가기 전에 박물관에 들러보는 것이 좋다. 전체의 모습과 실제로 남아 있는 유적을 이해하기 쉽게 모형으로 만들어두었기 때문이다. 아고라 옆에는 철학자들이 토론했을 스토아 학당이 있다. 2500년 전에는 이곳도 초현대적으로 느껴졌을 것이다. 소크라테스, 플라톤, 아리스토텔레스가 걸어갔을 거라고 상상하니 끝없는 감동이 밀려들었다.

아고라에서 남쪽 기슭을 올라가면 바로 아크로폴리스인 것도 모르고 빙 돌아 산꼭대기에 서서 아테네 시가지를 조망해 보고 다시 내려와 로만 아고라로 갔다. 규모도 훨씬 작고 그리스 양식을 흉내 낸 것처럼 보였다. 로마가 그리스를 정복하기는 했지만 정신세계를 흠모한 흔적이 아닌가 하는 생각이 들었다.

로마 아고라 바로 옆에는 하드리아누스 황제가 세운 도서관이 있다. 뼈대만 남아 있는 셈인데 구조가 몹시 독특하다. 가운데 커다란 원형을 두고 그 중심에 작은 타원형 건물을 놓고 길쭉하게 튀어나온 양쪽 지점에 양 날개처럼 반원을 바깥 방향으로 마주 붙여 놓았다. 그러고는 큰 원을 감싸 듯 동서남북으로 네 개의 직사각형 건물을 배치했다. 뭔가 깊은 뜻이 있는 듯한데, 우주 속의 인간 세계를 표현한 것이 아닐까 상상해 보았다. 아니면 반대로 인간 세계 속에 우주가 들어 있다는 것을 보여주고자 했던 것일까. 이런저런 상상을 해보았지만 오히려 궁금증만 더 일어날 뿐이었다.

아테네는 지천에 널린 것이 유적이다. 인간이 신과 함께하던 시절, 그럼에도 현대 정치의 모태가 되었던 곳. 기원전의 흔적들이 현대에까지 연결된다는 점에서 경탄을 불러일으킴과 동시에 상상과 호기심을 더욱 자극했다.

천년을 넘어서는 서러움, 스파르타

스파르타 교육의 진실

우리는 흔히 스파르타를 교육과 연관 지어서 떠올린다. 정신적으로나 육체적으로 아주 강하게 훈육하는 의미로 쓰이는 스파르타식 교육이 머릿속에 자리 잡고 있기 때문이다. 부드러운 훈육 방식에 대비되는 강한 훈육 방식이라기보다는 좀더 효율적인 방식이라는 인식하에 긍정적인 표현으로 많이 쓰이고 있다. 영국의 명문 사립학교 이튼스쿨이 스파르타식 교육을 모델로 삼았다고 해서 좋은 교육 모델로 인식되지만 제대로 이해할 필요가 있다.

지도를 펼쳐놓고 봐도 예나 지금이나 그리스는 넓은 땅덩어리가 아니다. 이렇게 좁은 지역에 폴리스로 지칭하는 도시국가들이 무려 1,500여 개나 있었다니 하니 서로 살아남기 위해 얼마나 치열하게 경쟁을 벌였을지 짐작할 만하다. 그중 역사에 가장 많이 등장하는 두 나라가 바로 스파르타와 아테네이다.

현재 그리스의 수도인 아테네는 바닷가에 위치하고 있는데 반해 스파르타는 내륙 깊숙이 들어 앉아 있다. 그러다 보니 먹고살기 위해 주력하는 분야도 당연히 다를 수밖에 없다. 아테네는 다른 도시국가들에 비해 상대적으로 농지가 적었기 때문에 자연히 대외무역에 대한 의존도가 높았다.

하지만 내륙에 있던 스파르타는 농업에 주력할 수밖에 없었다. 이러한 경제적 상황은 국력을 키워나가는 방식에서도 큰 차이를 나타냈다. 바다에 면한 아테네의 경우 해군력이 뛰어난 반면 스파르타에서는 육군을 강화하는 데 집중했던 것이다.

폴리스가 형성되던 초기에는 수많은 도시국가들의 국력이 고만고만했다. 그러다 스파르타에서 리쿠르고스라는 사람이 나타나 일대 개혁을 단행한 이후로 스파르타의 군사력이 극대화되면서 주위의 폴리스들을 호령하게 된다.

리쿠르고스는 스파르타의 제도를 대부분 제정했다고 알려진 인물이다.

스파르타의 개혁이란 국가의 모든 자원을 국가 중심주의 정책에 집중하는 것이었다. 아테네가 모든 시민의 나라를 지향하며 민주주의 정치체제를 구축한 것과는 정반대였다. 쉽게 말하면 스파르타의 모든 국민은 나라를 위해 존재한다는 것이었다. 우선 남자아이가 태어나면 꼼꼼한 검사를 거쳐 건강하지 않으면 바로 죽여버리고, 오로지 건강하게 자라서 나라에 기여할 수 있는 아이만을 양육했다. 여자아이도 성인이 되어 건강한 아이를 낳을 수 있다고 판단되는 경우에만 살아남을 수 있었다. 그러다 남자아이는 일곱 살이 되면 부모의 품을 떠나 공동생활을 하면서 훌륭한 전사가 되기 위한 교육을 받는다. 첫날의 교육은 채찍으로 호되게 얻어맞고도 울지 않고 참는 것부터 시작되었다.

20세까지 예비교육을 받은 다음 정식 전사가 되어 30세까지 복무한 뒤에야 결혼해서 가정을 꾸릴 수 있었다. 결혼 후에도 50세까지 군 복무를 해야 했다고 하니 말이 시민이지 전투 병기나 다름없었다.

스파르타의 엄격한 훈련 과정은 상상을 초월한다. 1년 내내 한 겹짜리 옷 하나로 추위와 더위를 견뎌야 하고, 공동

식사도 형편없어서 말이 생활이지 매일 매일이 정신적으로나 육체적으로 고통스러운 훈련 그 자체였다. 그 결과 막강한 전투력으로 한때 패권을 쥐었지만 아이러니하게도 이 때문에 역사의 뒤안길로 일찍 사라지고 말았다.

그러니 스파르타 교육이란 원래 왕의 독재하에서 이루어진 의무적인 군사 훈련이었던 셈이다. 그런 의미에서 고대 그리스의 수많은 도시국가 중의 하나였던 스파르타가 국가정책으로 자국민을 혹독하게 다룬 데서 유래한 스파르타 교육을 한번 되짚어볼 필요가 있을 듯했다. 교육계에 평생을 몸담았던 아내도 적지 않은 흥미를 보였다.

헬레네가 살던 곳

우선 아테네 사람들에게 스파르타로 가는 방법이나 볼만한 유적지로 어떤 것이 있는지 물어보았다. 그런데 하나같이 볼 것도 없는 시골에 뭐하러 가느냐는 반응이었다. 순간 2천 년도 더 지난 옛날의 앙금이 아직도 남아 있나 하는 터무니없는 생각이 스치기도 했지만, 이렇다 할 볼거리가 없다는 말을 믿고 이틀 정도 계획한 일정을 당일치기로 바꿨다.

우선 아테네 시외버스터미널에서 스파르티(지금 현지에서

는 스파르티라고 부른다)로 가는 버스가 하루 세 번밖에 없었고, 3시간 30분 정도 소요되었다. 오전 11시 30분쯤 스파르티에 도착하자마자 아테네로 돌아가는 버스표를 확인하니 저녁 8시 막차밖에 없었다. 한때는 이 지역을 호령했던 나라인데 지금은 지방의 소도시에 지나지 않았다. 시내도 활기라고는 없고 잔뜩 가라앉은 분위기였다.

대단한 것을 기대하지는 않았지만 스파르타의 명성에 걸맞은 교육 자료나 유물이 있을까 하여 박물관에도 가보았지만 허사였다. 하지만 뜻밖에도 호메로스의 대서사시《일리아드》의 소재인 트로이전쟁을 촉발한 파리스와 헬렌의 조각상을 만났다. 그제야 트로이전쟁에서 그리스 연합군을 이끈 메넬라오스가 스파르타 왕이라는 사실이 떠올랐다. 그 아내였던 헬렌도 이곳에 살았던 셈이다. 그러자 뭔가 대단한 사실을 알게 된 기분이었다. 원칙적으로는 사진을 찍을 수 없다는데도, 멀리 한국에서 왔다며 부탁하니 다른 사람들이 없을 때 살짝 찍으라는 대답이 돌아왔다.

패배의 그림자가 드리운 도시

스파르타 스타디움의 왼쪽 뒤편에 있는 아크로폴리스는

아테네에 비하면 버려진 듯한 모습이었다. 원형극장 터도 풀숲에 덮여 있고, 두꺼운 성벽은 대부분 허물어져 일부만 남아 있었다. 커다란 돌기둥은 신전의 흔적만 보여줄 뿐이었다. 그 모습을 보고 아테네와의 경쟁에서 밀린 비애가 2천 년을 넘어 이어진 것이 아닌가 하는 엉뚱한 비감에 젖어 들었다.

과거의 역사는 현재에도 크나큰 영향을 미치게 마련이다. 아테네에서는 기원전 5~6세기의 유물도 잘 보존되어 있는 반면 스파르타는 거의 버려지듯 방치되어 있다. 나라의 모든 역량을 군사력에 쏟았던 스파르타는 일찍 몰락의 길을 걸었고, 아테네는 그 영광을 지금까지 이어오고 있는 셈이었다.

스파르타 박물관에는 이름 위에 낫이 여러 개 새겨진 묘비가 있었다. 아테네의 올림픽 우승자에게는 월계수를 엮은 관을 씌워주었는데, 스파르타의 올림픽 우승자에게는 기념 낫을 한 자루씩 주었다는 설명이 있다. 농업국가의 상징물로 선택한 것이었을까? 박물관 직원에게 물어보니 고대 스파르타에서는 나라를 위해 전투에서 싸우다 죽은 자와 스파르타 올림픽에서 우승한 자, 두 부류만이 자기 무덤 앞에 이름을 새길 수 있었다고 한다. 아무리 전쟁을 승리로 이끈 장군이라 하더라도 자신의 침대 위에서 죽으면 묘비에 이름조차 남길 수 없었다는 것이다. 그래서 전장에 나가는 스파르타의 병사에게 한 어머니는 이렇게 말했다고 한다.

"이 방패를 들고 집에 돌아오든지, 아니면 이 방패에 누워서 돌아오거라."

당시의 방패는 들기도 힘들 정도로 무거웠다는데, 전사자는 자기 방패 위에 누워서 돌아왔다고 한다.

스파르타 여인이 무덤에 이름을 남길 수 있는 경우는 딱 한 가지뿐이었다. 남자아이를 낳다가 죽은 경우이다.

스파르타는 한때의 영광을 기리기 위해 택시에도 고대 전사들의 투구를 자랑스럽게 그려 넣었다. 하지만 스파르타의 젊은이들은 주말을 맞아 고향에 들렀다가 직장이 있는 아테네로 돌아가기 위해 몇 차례밖에 운행하지 않는 버스를 타려고 장사진을 쳐야 한다. 내 억측인지 아쉬움인지는 알 수 없으나, 공허한 도시 분위기와 아등바등하는 스파르티 젊은이의 모습에서 2천 년 전의 경쟁에서 밀려난 패배의 그림자가 어른거리는 듯했다.

그리스 열차의 비밀을 풀어라

사라진 4번 객차의 비밀

파르테논 신전을 바라보며 아테네에서 마지막 식사를 하고 델피로 가기 위해 호텔을 나섰다. 호텔 매니저가 가르쳐준 대로 일단 열차를 타고 리바디아 역으로 가기로 했다. 여유 있게 나섰다고 생각했는데 역에 도착하니 출발 시각이 얼마 남지 않았다. 매표창구에서 내주는 표를 보지도 않고 아내에게 내밀고는 얼른 짐을 챙겨 승강장으로 걸어갔다. 그런데 뒤에서 따라오던 아내가 갑자기 걸음을 멈추며 한마디 했다.

"표가 왜 이래?"

순간적으로 신경이 바짝 곤두섰다. 연이어 예약한 것들이 틀어져서 혼란스러웠던 적이 많았기 때문이다. 객차 번호를 확인해 보니 우리가 앉을 자리가 뚝 떨어져 있다는 것이었다. 표를 빼앗다시피 받아 들고 살펴보니 42번과 48번이었다. 자동적으로 어깨가 축 처짐과 동시에 입에서 '헉' 하는 한숨 소리가 나왔다. 1시간 30분밖에 걸리지 않지만 아내가 불편할 게 뻔하다. 사람들은 벌써 열차에 올라타고 승강장은 거의 비어 있었다. 출발 시간까지 얼마 남지 않았다는 뜻이다. 그래도 빨리 서두르면 표를 바꿀 수 있을 것 같았다.

"잠깐 기다려봐! 얼른 갔다 올게."

나는 짐을 바닥에 팽개치다시피 하고 얼른 매표소로 뛰어갔다. 하지만 매표창구는 이미 닫혔고 사무실에는 아무도 없었다. 다급해지니 저절로 한국어가 튀어나왔다. '여보세요!' 하고 소리쳐 봤지만 아무런 기척이 없었다. 암담하고 억울한 마음조차 들었지만 출발 시각이 임박했기에 돌아설 수밖에 없었다.

그런데 열차에 올라타 자리에 도착하니 두 좌석이 나란히 붙어 있었다. 어이없는 웃음을 흘리며 주위를 둘러보니 아직도 자리를 못 찾은 승객들이 객차 안에 붙어 있는 좌석 번호와 기차표의 번호를 번갈아 살펴보고 있었다.

열차가 출발하고 조금 지난 뒤에 주위의 좌석을 살펴보니 우리 바로 옆 좌석은 46과 44이고 우리 앞에는 41과 43이 나란히 붙어 있었다. 뒷좌석은 51과 53이었다. 도무지 알 수 없는 나열이었다. 이러니 사람들마다 자기 좌석을 찾아 헤맬 수밖에. 그런데 사람들의 얼굴에는 의아하거나 어리둥절한 표정이 없었다. 옆자리에 앉은 신사에게 물어봐도 모른다는 대답이었다. 아주 친절하게 대답하기는 했지만 '무슨 그런 쓸데없는 질문을 하느냐?' 또는 '그런 것에 관심을 가지는 사람은 아무도 없다'는 투였다. 할 수 없이 직접 나서서 비밀을 풀 수밖에 없었다.

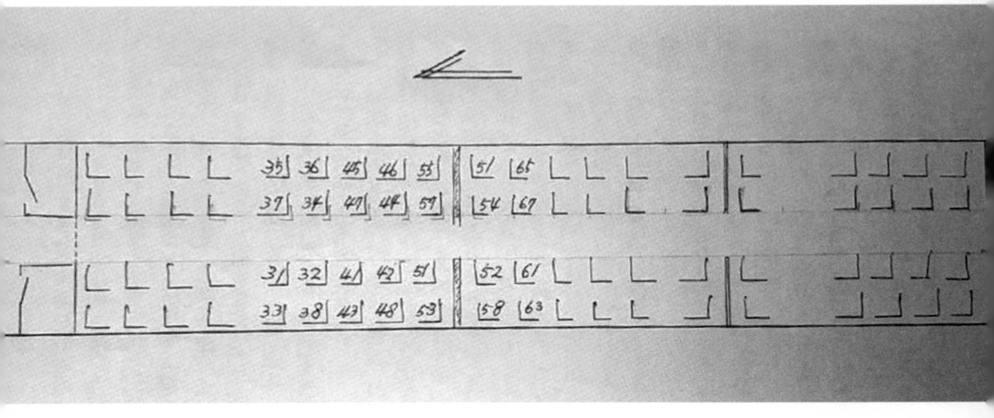

사람들이 의아한 눈길로 쳐다보는데도, 통로를 걸어가면서 객차 안을 찬찬히 살펴보았다. 우선 열차란 객차나 화물차 여러 대를 연결한 것을 말하는데, 그리스식 열차 구성이 몹시 독특했다. 우리가 탄 열차는 모두 외관이 그래피티로 뒤덮인 4개의 객차로 이루어져 있었다. 그런데 객차의 번호는 앞에서든 뒤에서든 순서대로 붙어 있지 않았다. 진행 방향에서 첫 번째와 두 번째 칸에는 1번이 붙어 있고, 나머지 두 칸에는 2번이 붙어 있었다. 따로 떨어진 좌석에 온통 신경을 쓴 나머지 미처 알아채지 못했다. 우리가 타야 할 4번 객차가 없었던 것이다. 역무원이 가르쳐준 대로 별 생각 없이 맨 뒤의 객차에 올라탄 것이었다.

객차 안으로 들어오면 좌우로 화장실이 두 개 있다. 화장실 출입문은 중앙의 통로 쪽으로 마주 보는 형태가 아니라 나란히 앞을 보고 있었다. 화장실을 지나면 객차 안으로 들어가는 문이 있다. 객차 안은 먼저 고정된 역방향 좌석이 양쪽에 두 개씩 네 줄 놓여 있고, 그 뒤로 순방향 좌석이 다섯 줄 이어진다. 그 뒤로는 대략 중간쯤에 육중한 가림막이 설치되어 있다. 왜 필요한지 알 수 없는 가림막을 지나면 다시 역방향 좌석이 다섯 줄 있고, 그다음은 순방향 좌석이 달랑 한 줄 있다. 그리고 뒤에는 두꺼운 투명 유리 칸막이가 있다. 이 칸막이의 용도 역시 알 수 없었다. 가운데가 뚫려 있으니 공기나 소리를 막는 것도 아닐 텐데 말이다. 칸막이 너머로 다시 역방향 좌석이 한 줄 있고, 한 줄 자리만큼 빈 공간을 둔 다음 마지막으로 순방향 좌석이 네 줄 있다.

입구 쪽 절반은 아홉 줄이고 나머지 절반은 11줄이니, 객차 하나에 모두 20줄의 좌석이 놓여 있는 것이다. 객차 하나의 좌석 수는 80석이고, 모두 네 량이 연결되어 있으니 총 320석이다.

그렇다면 이번에는 좌석 번호를 살펴보자. 번호 순서일 거라는 예상을 깨고 왼쪽 열은 1, 3, 2, 8의 순서로 되어 있다. 그것도 두 자릿수의 끝 번호를 기준으로 둘씩 쌍을 이루면서 첫 줄은 11과 13, 두 번째 줄은 12와 18, 그다음은 21과 23, 22와 28, 31과 33으로 매겨져 있다. 마찬가지로 오른쪽 열은 끝 번호가 5, 7, 6, 4로 배정되어 있다. 첫 줄은 15와 17, 두 번째 줄은 16과 14, 그다음은 25와 27, 26과 24, 35와 37이 이어진다. 끝 번호가 0과 9인 좌석은 없다.

다시 자리로 돌아와 옆자리에 앉은 신사에게 물어보았지만 여전히 모른다고 했다. 어떤 특별한 사회적 의미가 있는 것일까? 아니면 고대부터 무수한 철학자와 수학자를 배출한 그리스 나름의 이유가 있는 것일까? 심지어 그리스 국민들의 수학적 사고 능력을 끌어올리기 위한 국가 정책이 아닌가 하는 생각도 해보았다. 또 다른 신사가 그 이유를 알게 되면 이메일로 알려주겠다고 하기에 내 명함을 건네주었다. 하지만 아직까지 이메일을 받지 못했다.

객차 특실의 미스터리

장기간 여행을 하다 보면 버스나 전철 등 저렴한 교통수단을 주로 이용한다. 하지만 가끔은 호기심이 발동해서 고급 열차를 타보기도 한다. 그리스의 칼란파카에서 테살로니키로 가는 열차는 특실을 타보기로 했다. 역시나 번호가 떨어져 있었지만 그리스의 열차 번호 체계를 이미 경험했으니 크게 신경 쓰지 않았다.

하지만 이번에는 끝 번호의 조합이 달랐다. 역순이기는 하지만 1, 2, 3, 4, 5 순서대로 되어 있었던 것이다. 객차의 내부 구조도 달라서 절반 정도는 특실이고 나머지는 식당칸이다. 특실 객차에는 화장실이 아예 없기 때문에 일반 객차를 이용해야 한다. 특실과 연결된 일반 객차의 화장실도 양쪽 연결부에서 먼 쪽으로 두었다. 식당 칸이 있으니 냄새 때문에 그렇게 배치한 듯했다.

객차 내부도 중간 칸막이로 나눠서 출입구 쪽은 네 줄, 식당 칸 쪽은 세 줄이 놓여 있다. 편의상 출입구 쪽은 1번 방, 식당 칸 쪽 방은 2번 방이라고 부르자. 각 방의 좌석은 모두 순방향이고, 통로를 사이에 두고 왼쪽은 한 자리, 오른쪽은 나란히 두 자리가 놓여 있다. 특실인 만큼 자리를 넓게 만드느라 한 줄에 세 자리를 놓은 것이다. 따라서 1번 방은 네 줄에 12명, 2번 방은 세 줄에 9명으로 특실 하나의 수용 인원은 모두 21명이다.

식당 칸은 왼쪽에 마주 보는 2인석의 짧은 식탁, 오른쪽에 마주 보는 4인석의 긴 식탁이 두 줄 놓여 있으니 12명을 수용할 수 있다. 나머지 객차의 4분의 1의 오른쪽에는 주방과 상품 진열대가 차지하고, 왼쪽은 통로이다.

먼저 2번 방의 좌석 번호부터 시작하자. 식당 칸에서 가장 가까운 왼쪽부터 첫 좌석이 11번인데, 번호가 옆으로 이어지는 것이 아니라 그 앞줄이 12, 11 옆이 13, 12 옆이 14이다. 13 옆으로 창가 자리는 15, 그 앞은 16이다. 지그재그이기는 하지만 연속된 번호가 모여 있다. 그런데 마지막으로 남은 한 줄은 숫자를 하나씩 건너뛰어 21, 23, 25이다.

1번 방은 맨 뒤 왼쪽의 한 자리에 51번이 주어졌다. 30, 40번대 번호는 온데간데없다. 두 줄은 2번 방과 동일한 방식으로 51부터 56까지 지그재그로 놓여 있다. 그리고 다음 두 줄은 61부터 63까지 옆으로 나란히 이어진다. 그다음 줄도 64부터 나란히 이어지겠거니 예상했는데, 64를 건너뛰고 왼쪽의 한 자리가 65이다. 그렇다면 그다음은 66과 67일까? 객차의 번호는 마지막까지 배신한다. 사라졌던 64가 부활하고, 그 옆자리가 66이다.

일반 객차의 번호는 오락가락하기는 해도 왼쪽은 낮은 수, 오른쪽은 높은 수로 나름의 원칙이 있다. 하지만 특실의 번호는 오름차순도, 그렇다고 내림차순도 아니다. 이 지구상에서 이런 방식으로 객차의 좌석 번호를 매기는 나라가 있을까 싶다. 결국 수의 비밀도 풀지 못한 채 미스터리만 안은 채 열차는 데살로니키로 향했다.

사라진 신들의 도시,
델피

우연히 만난 곳, 아라호바

델피, 즉 델포이라고 하면 아폴론의 신탁을 가장 먼저 떠올릴 것이다. 델피는 아폴론 신전의 예언자로, 델포이 신전은 새점을 발명한 파르나소스의 이름을 딴 산기슭에 자리 잡고 있다. 고대 그리스에서 아폴론의 신탁을 들을 수 있었던 델포이 신전은 성지이자 종교의 중심지였다.

델피로 가기 위해 기차를 타고 도착한 곳은 리바디아 역이었다. 그런데 긴 승강장에 내려서는 사람은 딱 우리 둘뿐이었다. 기차역이라고 하면 으레 큼직한 역사와 넓은 광장,

그리고 먹거리나 기념품을 파는 점포들을 떠올리게 마련이다. 그런데 역사라고 할 것도 없는 작은 건물 두어 채가 철로변에 서 있고, 사방을 둘러봐도 눈에 들어오는 것이라고는 철길과 서서히 멀어져가는 기차뿐이었다. 말 그대로 황량한 들판에 놓인 철길과 아주 작은 역사가 전부였다. 아테네의 호텔 매니저가 친절하게 안내해 주기는 했지만, 기차를 타고 델피를 다녀온 적 없는 것이 분명했다.

역사 안으로 들어가니 역장 겸 역무원 겸 심부름꾼 겸으로 보이는 한 사람이 만면에 웃음을 띠고 다가오며 유쾌한 어조로 인사를 한다.

"환영합니다. 환영합니다."

"안녕하세요? 혼자 일하십니까? 역이 그리 크지는 않아 보이네요?"

"혼자서도 충분해요. 방문객도 그리 많지 않거든요."

"델피로 가려고 하는데 어디서 버스를 타야 하나요?"

이렇게 시작된 대화 끝에 알게 된 사실은 실제 리바디아 마을은 리바디아 역에서 7킬로미터를 더 가야 한다는 것이었다. 다시 말해 리바디아 마을에 기차가 도착한 것이 아니고, 리바디아 마을로 갈 수 있는 기차역에 온 셈이다. 우리나라의 경우 무슨 무슨 대학 역이라고 해도 실제로 그 대학에 가려면 버스를 타야 하는 것과 같았다. 게다가 리바디아 마을까지 연결되는 일반도로도 역에서 1킬로미터 거리에 있다는 것이었다.

주위를 둘러보면 그럴 만도 했다. 인가도 없는 허허벌판에 사람들이 차를 몰고 올 일이 없었다. 멍하니 서 있으니 친절한 역장 겸 사무원 겸인 그 사람이 필요하면 전화로 택시를 불러주겠다고 한다. 작열하는 태양에 걸어갔다가는 금방이라도 말라 죽을 것 같아 택시를 불러주겠다는 말이 가뭄의 단비처럼 고마웠다.

그렇게 마을로 가서 델피로 가는 버스를 탔는데, 마침 옆자리에 앉은 노인이 유익한 이야기를 들려주었다. 먼저 델피 유적지 부근에는 숙소가 없으니 조금 떨어진 아라호바에서 묵는 것이 좋다고 했다. 아라호바는 스키의 천국으로 뒷산 꼭대기에 있는 파르나소스 스키장이 문을 열면 겨울 한 철 일해서 1년 내내 먹고사는 동네인데 지금은 비수기라서 방값도 싸다는 것이었다. 워낙 고지의 비탈에 들어선 동네라 풍광이 좋으니, 델피를 구경한 뒤 느긋하게 이틀은 묵어갈 만하다고 했다.

아라호바에 가까워지자 버스에서 내려 오른쪽 길로 접어들면 숙소가 몇 개 있다고 알려주었다. 그렇게 해서 우리는 노인의 권고대로 이틀 정도 묵기로 정했다. 경사가 심한 바위산의 비탈에 위험하다 싶을 정도로 붙어 있어 버스가 어떻게 여기까지 올라왔나 싶었다. 하지만 앞쪽을 내려다보면 맞은편 산이 까마득하게 물러나 있고 멋진 풍광을 선사하는 것이었다. 마을을 돌아다니는 우리의 입에서는 멋지다는 감탄이 연신 흘러나왔다.

세상의 배꼽, 델피

델피의 고고학 부지는 높은 뒷산을 둔 경사지의 중턱에 자리하고 있었다. 바위산에 아폴론 신전을 중심으로 원형 광장과 아테네의 보물로 불리는 신전도 있고, 그리고 가장 높은 곳에는 원형 경기장인 델피 스타디움도 있다. 고대에는 운동 경기마저 신을 경배하고 제사 지내는 하나의 수단이었음을 엿볼 수 있는 대목이다. 안내 기록에 의하면 2700여 년 전에 처음으로 신전을 세웠고, 기원전 500년경에 2차 건축이 있었으며, 기원전 300년대에 대지진으로 폐허가 되었다고 한다.

그런데 구릉지의 정상부도 아니고, 넓은 들판을 끼거나 강이 둘러싼 곳도 아니며, 그저 병풍처럼 높은 바위산 중턱을 다듬어서 신전을 짓고 세상의 배꼽으로 여겼다는 것은 이해하기 어려웠다. 당시 교통 사정으로 짐작하면 아테네에서 육로를 이용하기는 어렵고, 수로를 이용하기에도 강이 너무 멀고, 아래에서 올라오기도 벅찼을 텐데 말이다.

공중에 떠 있는 수도원

평균 높이 300미터, 가장 높은 것은 550미터에 이르는 바위기둥에 세워진 메테오라 수도원. 그리스어로 '공중에 떠 있다'는 뜻의 메테오라 수도원은 그야말로 바위 꼭대기에 우뚝 서 있는 건물이 자연과 절묘하게 어우러져 감탄을 자아낸다. 옛날에는 사람이든 물건이든 밧줄과 도르래를 이용해서 올라가야 했다고 한다.

메테오라로 가는 버스에서 신기하게도 아라호바를 알려준 노인을 다시 만났다. 노인은 환한 얼굴로 반기며 숙소가 불편하지는 않았느냐, 델피는 잘 다녀왔느냐, 마을은 마음에 들었느냐, 사람들은 친절하더냐 하고 안부를 물어보았다. 덕분에 잘 보냈다고 감사의 인사를 하니 이번에는 메테오라에 대해 이야기를 해주었다. 다른 방향으로 가는 버스 안에서 같은 사람을 두 번이나 연속으로 만나다니 신기한 우연이자 행운이 아닐 수 없었다.

메테오라도 델피와 비슷하니, 초입에 있는 카스트라키에서 묵는 것이 좋고, 구경거리가 많으니 적어도 이틀 밤은 묵어야 제대로 볼 수 있다는 것이었다. 노인은 우리보다 먼저 내리면서 오스트랄리아 호텔이라고 적힌 쪽지를 건네주었다. 몇 년 전에 본인도 여기 묵은 적이 있다고 하면서 말이다.

메테오라의 독특한 지형을 뭐라고 표현해야 할지 모르겠다. 깎아지른 바위산들이 하늘로 불쑥불쑥 솟아 있고, 그 꼭대기에 수도원이 세워졌으니 감탄을 넘어 기이하다고 할 만했다. 6개의 수도원은 뚝뚝 떨어진 바위 꼭대기에 하나씩 세워져 있으니 방문객들은 주로 자동차나 버스를 이용해서 다닌다. 하지만 우리는 걸어다니며 수도원이 가까워지고 멀어지는 모습을 구경하기로 했다. 주위를 둘러봐도 걸으며 구경하는 사람은 우리밖에 없었다.

하루 종일 걸으며 장관을 보고 또 보니 저녁 무렵에는 머리가 어지러울 지경이었다. 메테오라 수도원을 보지 못한 사람들은 그저 햇볕 아래 너무 많이 걸었기 때문이라고 생각할 것이다. 그러나 좋은 것을 너무 많이 봐도 어지러울 수 있나 하는 생각이 드는 것을 보면 몸이 힘든 줄도 모를 만큼 멋진 경관이었다.

메테오라 수도원

역사의 후미진 흔적, 베르기나

최근 알렉산드로스의 고향으로 알려진 베르기나에서 발견된 거대한 무덤이 그의 아버지 필리포스 2세의 것으로 추측되고 있다. 그런데 애석하게도 한때 지구촌 최초, 최대의 대제국 중심지였던 곳은 지금은 그곳으로 가는 버스가 없을 정도로 역사의 후미진 구석이 되어버렸다.

베르기나로 가려면 베리아를 거쳐야 한다. 테살로니키에서 1시간 30분 거리에 있는 베리아는 산 중턱에 자리 잡은 도시로, 비탈 아래 푸른 대평원이 펼쳐져 있었다. 저 넓은 평야에 어떻게 물을 공급할까 궁금하던 차에 베르기나로 향하는 길목에 대형 저수장을 겸하는 호수가 눈에 들어왔다.

베리아에서 30분 만에 도착한 작은 시골 마을 베르기나. 이곳이 한때 마케도니아 왕국의 중심지였다니. 믿어지지 않을 만큼 초라한 모습이었다. 관광객이 끊임없이 몰려온다고 하더니 버스에서 내린 사람은 달랑 우리 둘뿐이었다.

하지만 몇 걸음 가지 않아 박물관 입구에 다다르니 수많은 사람들이 매표소 앞을 가득 메우고 있지 않은가. 이 많은 사람들이 갑자기 어디서 쏟아져 나온 거야?

그래도 묘소로 들어가는 입구는 조금 한가로워 보였는

데, 막상 무덤 내부로 들어가니 어마어마한 지하 공간에 엄청나게 많은 사람들이 들어서 있어 또 한 번 놀랐다. 내부는 박물관으로 꾸며두었는데, 2300여 년 전의 유물이라고 하기에는 너무나 찬란한 세공 기술과 예술적인 디자인에 할 말을 잊고 말았다.

마케도니아
산책

인구 200만 명의 나라

'마케도니아'라고 하면 자연스럽게 '알렉산드로스 대왕'을 떠올리게 마련이다. 그리스와 페르시아를 지배하고 동방을 제패한 알렉산드로스를 제외하고 마케도니아를 논할 수는 없는 것이다. 알렉산드로스가 마케도니아의 왕자라는 것 외에는 세계 역사의 흐름에서 두드러진 이야기도 없고, 200만 명이 갓 넘는 인구에 국토 대부분이 산지로 딱히 내세울 만한 상품도 없는 나라이다.

하지만 발칸반도 중부에 있는 엄연한 독립국가로 정식

명칭은 마케도니아 공화국이다. 알렉산드로스 대왕 시기 마케도니아는 그리스 왕국의 일부였으나 지금 거주하는 사람들의 주류는 그리스인이 아니라 슬라브 계통이다. 이러한 이유 때문인지 그리스는 마케도니아가 자기네 지방 명이라고 주장하며 국명 사용을 강력하게 반대해 왔다.

만나는 사람마다 친절을 베풀어주던 그리스 사람들이 싹 돌변하는 모습을 본 것도 바로 이 단어 때문이었다. 알렉산드로스 대왕의 부친인 필리포스 2세의 무덤을 보고 돌아오는 버스에서였다. 옆자리에 앉은 신사와 이야기를 나누던 중 우리에게 다음 행선지를 물어본 것이다. 내가 마케도니아로 갈 예정이라고 하는 순간 방금까지 웃음 짓던 신사의 얼굴이 굳어버린 것이다. 신사는 잠깐 말이 없더니 주위를 한 번 둘러보고는 조용히 속삭이기를, 그리스에서 마케도니아에 간다는 이야기를 하면 자칫 봉변을 당할 수도 있다는 것이었다. 이유를 물었더니 마케도니아는 그리스에 속한 땅일 뿐 아니라 그리스의 한 주이기 때문이라고 했다. 그렇다면 그리스에서는 뭐라고 불러야 하느냐고 물으니 피롬(FYROM) 또는 스코페라고 부른다는 것이었다. 스코페가 마케도니아 공화국의 수도라는 것은 알고 있지만 피롬은 들어보지 못했다. 알고 보니 유엔에 공식으로 등재된 국명인 이

전의 유고슬라비아의 마케도니아 공화국을 줄여서 피롬이라고 부른다는 것이었다.

국명을 둘러싼 다툼 뒤에는 중요한 명분이 도사리고 있었다. 알렉산드로스 대왕의 정통성을 누가 이어받느냐 하는 문제가 여기에 걸려 있었던 것이다.

지리적으로 고대 마케도니아 왕국의 절반은 현재 그리스 땅이고, 그리스 북부에 마케도니아 주가 있다. 더구나 현재의 마케도니아는 대부분 슬라브 계통이므로 핏줄을 따져봐도 그리스로서는 참을 수가 없는 것이다.

실제 교류는 하고 있지만 그리스의 반대로 공식적인 관계를 표명하지 않는 나라가 많다고 한다. 우리나라도 활발하게 무역 거래를 하고 있지만 공식적인 관계는 미루고 있는 실정이다.

알렉산드로스 대왕의 나라

3시 15분 스코페로 가는 국제열차를 예매하고 기차역으로 가서 보니 15분이 아니라 52분이었다. 창구로 가서 적어준 표를 확인하니 숫자를 잘못 읽었다고 했다. 아라비아 숫자를 쓰는 방식이 조금 다른지 5는 1처럼 보이고 2는 5처럼 보였던 것이다.

국제열차에는 나란히 붙은 좌석 세 개가 마주 보는 6인석 유리 방이 객차 하나에 11개씩 있는 구조였다. 승객이 많지 않아 빈방이 여럿 있었다. 국경 통과하는 데 1시간 남짓 걸렸고, 스코페에 도착한 것은 밤 9시가 다 되어서였다.

밤비가 내려 조금 걱정했지만 다음 날 흐리고 안개가 끼긴 해도 비가 그쳐서 다행이었다. 게다가 중심가에 숙소를 잡아 주요 볼거리들은 모두 걸어 다닐 수 있었다.

숙소를 나오니 바로 앞에 필리포스 2세의 동상이 있고, 조금 떨어진 광장에 알렉산드로스 대왕의 동상이 마주 서 있다. 두 동상 사이에는 이 나라의 주요 인물들의 동상이 서 있는데, 이름만 봐서는 알 수 없는 인물들이었다. 알렉산드로스 대왕의 동상은 광장의 커다란 분수 안에 세워져 있다. 높은 원통 기둥 위에 세워진 것은 그리스보다 더 높이 올려 마케도니아의 위상을 드러내고자 하는 의도로 보인다. 은연중에 알렉산드로스 대왕을 이어받았음을 나타내는 것이다.

알렉산드로스 대왕의 상이 들어서기 전 서쪽 모퉁이에 테레사 수녀님의 생가가 있었다고 한다. 그런데 이 동상을 세우기 위해 생가를 헐고, 테레사 기념관 겸 작은 교회는 200미터 가량 더 떨어진 곳에 새로 마련했다. 테레사 기념

관은 3층 건물로, 1층은 기념품 가게, 2층은 관련 유물 전시관, 3층은 교회로 쓰고 있다. 주로 사진이 전시되어 있고, 테레사 수녀님이 주고받은 편지와 침대, 식기 등이 놓여 있다.

기념관을 나와 서쪽으로 가면 1963년 대지진에 무너진 철도역 건물을 박물관으로 쓰고 있는데, 전시품도 그렇고 전체적으로 초라해 보이는 것이 이 나라의 경제 사정을 말해 주는 듯했다.

시가지를 관통하는 왕복 6차로를 가로지르는 다리 위로 건물이 세워져 있고, 창문에 동남유럽대학이라는 간판이 크게 붙어 있다. 다리 위에 있는 대학이라니, 소음과 진동 속에서 공부를 할 수 있을지 의아했다. 이 또한 신생국 건설을 위해 겪어야 하는 고난인가 싶어 안타까운 느낌이 들었다.

비가 쏟아지는 가운데 찾아간 칼레 요새와 발굴지의 모습도 국력이 제대로 뒷받침되지 못한 현실을 보여주는 것 같아 못내 마음이 무거웠다. 대제국을 건설했던 알렉산드로스 대왕 시절을 떠올릴수록 지금의 마케도니아 모습은 더욱 안쓰럽게 보였다.

3장

아시아 더 넓은 광야로

Nice Travel

광활한 대지의 나라,
몽골

그들의 이름으로 부르자

모든 나라들은 자국에서 통용되는 고유의 이름을 가지고 있다. 그리고 다른 나라도 그 이름으로 불러주기를 바란다. 그런데 우리는 미국, 독일, 일본처럼 중국식 한자 이름을 그대로 가져다 쓴다. 해당 국가에서는 전혀 알아들을 수 없는 이름을 부르고 있지만, 워낙 오래 굳어진 표현이라 쉽사리 바꾸기도 힘들다.

몽골도 마찬가지다. 중국에서는 '멍꾸'로 발음하는 '몽고(蒙古)'를 그대로 가져다 우리식으로 발음하는 것이다. 소리

글자인 한글과 달리 뜻글자인 중국어는 다른 나라의 언어를 표기하는 데 제약이 많다. 코카콜라의 중국식 표기(可口可樂)를 우리말로 읽으면 '가구가낙'이 된다.

중국은 몽골을 지칭하기 위해 '어리다'는 기본적인 의미 외에 '사기를 치다', '멍청하다', '우둔하다', '유치하다'는 뜻이 내포된 '蒙' 자를 붙였다. 그러니 몽골 사람들이 좋아할 리 만무하다. 비록 지금은 주변 강국의 눈치를 보는 처지이지만, 한때는 유럽인들이 이름만 들어도 벌벌 떨었던 칭기즈칸의 후예 아닌가? 기왕이면 몽골이라는 발음에 가까우면서도 좋은 뜻을 가진 글자를 선택하면 좋을 것을 굳이 부정적인 글자를 고른 데는 숨은 이유가 있지 않을까 싶다. 북방 오랑캐로 깔보던 유목 민족의 지배를 받았던 역사에 대해 이름 하나로 분풀이라도 하려는 것일까.

외국어를 그 나라의 발음에 가장 가깝게 표현할 수 있는 글자로 한글만 한 것이 없다. 그러니 굳이 당사자들이 언짢게 여기는 몽고라는 이름 대신 몽골로 쓰는 것이 상대에 대한 예의라는 생각이다.

한때는 우리의 조상들도 그들에게 굴복해 나라의 처녀들을 공물로 바치는 수치와 아픔의 역사가 있기는 하다. 하지만 그러한 역사를 파헤치기 위해 몽골 여행을 계획한 것은 아니었다. 얼핏 봐서는 구분하기 어려울 정도로 우리와 생김새가 비슷하고, 몽골반점을 공유하는 인류학적으로 친척뻘 되는 그들의 삶과 광활한 국토를 직접 느껴보고 싶었다.

스탈린의 따귀를 후려친 수상

몽골로 떠나기 전 울란바토르에 있는 지인과 이메일을 주고받았다. 구소련 시절 모스크바에서 환경공학을 전공한 몇 안 되는 몽골의 엘리트 유학파 중 한 명인 샤라빈 푸레브수렌 박사였다. 닥터 푸지로 통하는 그는 큰 몸집만큼이나 호탕해서 자신의 아파트 열쇠 뭉치를 건네며 방을 내주었다. 더구나 명소는 물론이고 친척들을 소개해 주어 궁금했던 몽골 이야기를 생생하게 들을 수 있었다. 저녁 식사 자리에서 보드카를 앞에 두고 몽골의 속 깊은 이야기가 끊임없이 이어졌다.

그중 겐덴 수상의 행적은 몽골 국민의 정신을 관통하면서도 우리에게 시사하는 바가 컸다. 어느 나라든 마찬가지겠지만 몽골공화국의 건국 과정에도 많은 이야기가 숨어 있었다. 신해혁명 이후 청나라가 쇠퇴하자 이 기회를 틈타 외몽골 지역에서 슈흐바타르가 독립한 것으로 알려져 있는데,

이후 러시아의 예속을 설명하는 내용은 없다.

원나라로 인해 시베리아를 비롯한 동부의 많은 땅을 잃었던 러시아는 중국과 국경을 맞대기조차 싫었다. 황화(黃禍), 즉 노랑머리 인종에게 당할지도 모른다는 막연한 압박감이 바탕에 깔려 있었기 때문이다. 동쪽의 부동항인 블라디보스토크도 중국과 맞붙어 있어 늘 신경이 쓰였다. 따라서 러시아가 중국의 영향력을 차단하기 위해 외몽골 지역을 지원함으로써 몽골의 독립이 이루어진 것이다. 하지만 자주독립이 아닌 구소련의 힘을 빌린 독립의 대가는 혹독했다. 소련에 이어 세계 역사상 두 번째 공산주의 국가가 된 몽골은 소련의 위성 국가로 전락하고 말았다. 국가 정책에 사사건건 소련의 입김이 작용했고, 그 영향력이 지금까지 계속되고 있다는 것이었다.

소련의 독재자 스탈린은 공산주의 이념을 앞세우면서 대대적인 숙청을 벌였는데, 특히 종교인에 대한 탄압이 가장 심했다. 1935년 몽골 정부에도 불교 승려를 숙청하라고 요구했는데, 당시 몽골 수상 겐덴은 그것을 따르지 않았다. 그러자 스탈린은 겐덴을 모스크바로 소환했다. 1932년 겐덴은 스탈린의 지원하에 몽골인민공화국 9대 수상으로 올랐다. 그런데 민족주의 성향이 강했던 겐덴은 소련의 속국

이기보다 당당한 독립국의 지위를 내세우려 했다. 측근들은 죽임을 당할지도 모르니 가지 말라고 했으나 거침없는 성격의 겐덴은 물러서지 않았다. 몽골을 손아귀에 쥐고 흔들려는 스탈린과 끝까지 자주독립을 주장하는 겐덴 사이의 회담은 논쟁으로 끝이 났다. 몽골대사관에서 이어진 비공식 회담에서도 팽팽한 언쟁이 계속되자 스탈린은 다리를 저는 겐덴이 짚고 다니는 지팡이를 걷어찼다. 그러자 겐덴도 기세에 눌리지 않고 스탈린의 빰을 사정없이 후려쳐 트레이드마크처럼 물고 다니던 파이프가 바닥에 떨어져 박살이 났다.

스탈린은 치료가 필요하다는 핑계를 대고 겐덴을 데려가더니 감옥에 가둬버렸다. 그러고는 일본의 스파이라는 죄목을 붙여 몽골이 독립을 선포한 날인 1937년 11월 26일 그를 총살에 처했다.

하지만 몽골의 기세를 꺾기 위해 겐덴을 처형했지만, 이후 스탈린의 뜻대로 되지는 않았다. 소련의 억압에 눌려왔던 몽골 국민들은 자국의 자존심을 드높인 지도자로 그를 추앙하게 되었다. 그의 딸은 아버지가 살던 울란바토르의 집을 박물관으로 만들어 정치적인 박해로 숨진 많은 사람들과 겐덴을 추모하는 장소로 사용했다. 일반 가정집을 그대로 사용하는 박물관은 외관이 화려하지는 않아도 역사의 이면을 들여다볼 수 있는 곳이다.

몽골인들이 물을 대하는 자세

한반도의 7배에 달하는 광활한 국토에 크고 작은 호수들이 곳곳에 있는 몽골이지만 태곳적 바다였음을 확인하듯 절반씩 담수호와 염수호가 섞여 있다. 그래서인지 몽골의 물 공급이 원활하지 않다. 그나마 수도 울란바토르는 어느 정도 나은 편이지만, 도시를 조금만 벗어나면 물 사정이 급격히 나빠진다.

이렇게 넓은 땅덩어리에 인구는 고작 300만 남짓으로, 인천광역시의 인구와 맞먹는다. 바꿔 말하면 용산구민이 대한민국에 전체에 흩어져 사는 것과 비슷한 인구밀도이다. 인구의 절반이 수도에 몰려 있기 때문에, 그 외의 다른 지역에서는 사람 구경하기가 어렵다.

편중된 인구 분포 때문에 수원지를 가까이 두고도 우리나라와 같은 상수도는 엄두도 내지 못할뿐더러 물을 직접 길어다 써야 한다. 호텔이라고 크게 달라질 것 없다. 세면장에는 아담한 크기의 물통을 살짝 높게 매달아두었는데, 아래쪽 수도꼭지를 밀어 올리면 물이 졸졸 흘러나온다. 그렇게 물을 손바닥에 채워 겨우 고양이 세수를 하는 것이다.

그나마 여행객들이니 얼굴이라도 씻을 수 있다. 몽골인들은 물이 풍족하지 않다 보니 씻는 것에 별 관심을 두지 않는다. 기록에 따르면 세계 최대의 영토를 확보한 대제국의 지도자 칭기즈칸도 옷이 다 해질 때까지 빨래를 하지 못하게 했다고 한다.

수도꼭지 달린 물통을 처음 본 것은 바이칼 호수에 있는 작은 알혼 섬에서였다. 이런 물통은 시베리아 지역에서도 자주 볼 수 있었는데, 옛날부터 몽골의 영향을 받은 것으로 짐작된다.

물과 관련해 인상적인 경험이 또 하나 있었다. 울란바토르를 떠나 서쪽 변경 지역 산중에서 양을 기르며 살아가는 카자흐 부족들을 방문한 적이 있다. 원래 선사시대의 바위그림을 보러 간 것인데, 몽골 사람들의 삶을 더욱 가까이에서 느껴보고자 이틀을 더 묵었다. 산중 호숫가의 멋진 풍광을 즐기고, 난생처음 양의 젖을 짜보기도 했다.

카자흐 부족도 목축으로 생계를 이어가므로 쉽게 옮길 수 있는 천막집인 게르에서 주거한다. 몽골식 게르에 비해 규모가 조금 더 크고, 내부 장식이 조금 더 많은 편이다. 7, 8월에도 얼음이 어는 고산지대여서 방 한가운데 난로를 설치해 두었다.

일행이 난로 주위에 둘러앉아 아침 식사를 하는데 바로 옆에서 주인아주머니가 밑이 터진 바지만 입은 아기의 엉덩이를 들고 똥을 누이는 것이었다. 동행했던 미국 여자는 금세 얼굴을 찌푸리고 고개를 돌리며 손은 내저었다. 변을 누인 다음 세수는 어떻게 했을까. 카자흐 부인은 난로 위에 있던 물 주전자를 들어 입에 한 모금 머금더니 손바닥에 물을 조금씩 뱉어서 아기의 얼굴을 씻어주었다. 미국 여인의 얼굴에는 불쾌한 표정이 역력했다. 주인아주머니가 잠시 자리를 뜨자 그녀는 "에이! 더러워!"라며 연신 고개를 흔들었다. 자기만큼 현지인들의 삶을 이해하는 사람도 없다고 말하던 사람이 할 만한 행동은 아닌 듯했다.

이처럼 물의 소중함을 몽골에서처럼 절실하게 느껴본 적이 없다. 처음에는 왜 편하게 물을 끌어다 쓰지 않을까 의아했다. 그러나 물을 마음대로 끌어다 쓰는 우리나라가 물 부족 국가인 것을 보면 오히려 그들의 방식이 물의 영속성을 위한 방편인지도 모른다는 생각이 들었다. 문명의 이기가 늘 자연에 최선인지는 생각해 볼 일이다.

몽골의 드넓은 사막

보고, 듣고, 느끼고, 즐기는 중국

인간의 손으로 빚은 자연, 티티엔

윈난성 웬양에는 하니족이 천 년 동안 산자락에 가꾸어 온 계단식 논 티티엔(梯田)이 있다. 계절마다 다른 빛깔로 물드는 티티엔의 모습을 한 번은 사진으로 본 적이 있을 것이다. 분명 인간이 수대에 걸쳐 일군 것인데, 자연적으로 생긴 듯한 유려한 곡선이 빚어내는 절경에 입이 다물어지지 않는다.

웬양의 티티엔을 보려면 반드시 신제전에서 출발해야 한다. 경관이 좋은 곳을 찾아가려면 차를 빌려야 했기에, 수

소문을 하다 티엔이라는 기사를 만났다. 첫인상은 거칠어 보였지만 성격이 좋고 이곳의 이족 출신이라 속속들이 알고 있을 것 같았다. 자기가 안내하면 입장료 200원을 내지 않아도 된다고 했지만, 우리는 티엔에게 400원을 주기로 하고 함께 투어를 시작했다.

입장료를 내지 않고 들어가는 방법이란 단순했다. 매표소 앞으로 가지 않고 반대쪽 산 위로 올라가면 현지 주민의 차량인 줄 알고 아무런 제지를 하지 않았던 것이다. 입장료를 내지 않는 이유를 물어보니 소수민족의 슬픈 이야기가 흘러나왔다.

원래 계단식 논은 한족들의 압박에 밀려 첩첩산중으로 들어온 조상들이 수대에 걸쳐 피땀 흘리며 개척한 다랑논이다. 그런데 사람들이 그것을 구경하러 몰려들자 한족들은 욕심을 부려 입장료를 받는데, 정작 다랑논을 유지하는 주민들의 수중에는 아무것도 돌아오지 않는다는 것이었다.

산꼭대기서부터 까마득한 골짜기 아래까지 끝없이 이어지는 계단식 논을 보고 있으니 인간의 손길로 빚어졌다는 것이 믿기지 않았다. 8월이 되면 노랗게 물드는 들판도 장관이라는 숙소 주인아주머니의 말에 괜히 귀가 솔깃해진다.

봄이면 웬양에서 둬이허(多依河)로 가는 길에 모든 산천이 노란 유채꽃으로 물들어 장관을 이룬다. 뤄핑은 자연경관이 아름다운 지역으로 특히 유채꽃이 필 때면 많은 관광객이 찾는다. 벼르고 별러서 불편한 차를 타고 왔건만 꽃은 지고 열매가 맺기 시작했으니 아쉬운 마음 달랠 길 없이 발길을 돌려야 했다.

뤄핑에서 22킬로미터 떨어진 지룽폭포(九龍瀑布)는 위에서 아래로 계단을 이루며 장관을 연출하는데, 한눈에 10개의 폭포를 볼 수 있다. 계곡 양쪽으로 난 관광도로를 따라 올라가며 여러 곳에 걸쳐 있는 여울과 폭포를 구경할 수 있다.

'지구상에서 가장 아름다운 상처'로 불리는 마링허(馬嶺河) 협곡의 웅장한 장관을 보려면 역한 냄새를 감수해야 한다. 하얗게 떨어지는 폭포수가 싱이의 시민들이 버린 생활하수이기 때문이다. 하지만 사람들은 그것을 아는지 모르는 역한 냄새에도 아랑곳하지 않고 풍광에 취해 감탄사만 내놓을 뿐이다.

중국에서 가장 아름다운 구이저우성

석회암이 녹아서 형성된 카르스트 지형이 빚어내는 절경과 수대에 걸쳐 삶의 원형을 그대로 간직하며 살아온 소수민족의 문화가 어우러진 구이저우성은 다채로운 자연 경관을 볼 수 있는 곳이다.

18개의 폭포가 이루어진 황궈수 폭포군(黃果樹瀑布)은 구이저우성 최고의 관광지이다. 아시아에서 가장 크고 세계 3대 폭포라고 알려져 있다. 멀리 떨어진 폭포를 세 곳으로 나눠 따로 입장료를 받다가 한데 통합하면서 새롭게 관광객을 끌어 모으고 있다.

안순 지역에서 가장 넓은 두파당 폭포부터 시작해 천천히 걸어 들어가면서 구경했다. 전에는 입구 쪽에 공작새를 비롯한 조류가 있었는데 지금은 사라지고 손오공과 삼장법사 모형이 들어서 있다.

톈싱차오 폭포군은 길게 뻗은 계곡을 따라 트레킹 코스처럼 뻗어 있다. 기암괴석을 감싸고 있는 등나무 군락과 호수가 아름다운 분위기를 연출한다. 호수의 입구 바닥에는 365개의 징검다리 돌이 있는데, 매일에 해당하는 세계적인 인물들의 생일을 새겨두었다. 자기 생일의 돌을 찾아 사진을 찍는 것도 작은 재미 중 하나다. 아내의 생일은 12월 25일이니 예수가 적혀 있을 것이고, 내 생일을 찾아보니 미국 제4대 대통령 제임스 메디슨이 음역으로 적혀 있었다. 7월 31일과 9월 28일은 누군가를 적었다가 긁어 없앴고, 9월 5

일은 루이 14세의 생일인 듯했다. 12월 25일은 당연히 예수이겠거니 했는데, 뜻밖에도 만유인력을 발견한 아이작 뉴턴이었다.

호수를 지나면 '하늘에 떠 있는 별처럼 아름다운 다리'라는 뜻의 톈싱차오가 나타난다. 계곡에 붙어 있는 석회 동굴은 조명이 너무 어둡지만 보존 상태가 좋은 편이었다.

물에 비치는 석림의 모습과 바위 계곡 사이로 떨어지는 폭포수는 웅장한 황궈수 대폭포에 비해 전혀 손색이 없다. 아시아 최대의 폭포라는 황궈수 폭포도 그 명성에 걸맞게 위아래는 물론 앞에서 보는 경관과 폭포 속 동굴로 들어가 뒤쪽에서 보는 경관도 독특하다.

중국인의 자존심, 마오타이주

북한의 김정은이 중국을 방문했을 때 만찬 자리에서 시진핑 주석으로부터 2억 원이 넘는다는 마오타이주를 대접받은 것이 화제로 떠올랐다. 시진핑 주석이 특별한 자리에 즐겨 내놓는 마오타이주는 중국의 대표 술로 본향이 구이저우성의 런화이(仁懷)다. 런화이 시내에서 8킬로미터 떨어진 마오타이전은 동네 전체가 마오타이주 공장에 속한다. 공장 내부를 운행하는 버스 노선이 세 개나 있을 정도이다. 이 마오타이전 특유의 물, 기후, 토양으로 마오타이주가 완성된다고 하는데, 특히 구이저우성을 흐르는 중국에서 가장 맑은 물인 츠수이허로 만든다고 한다.

사전 절차를 거친 손님 외에는 공장 방문은 제한하고, 그 외의 방문객은 문화청에서 운영하는 술 박물관만 둘러볼 수 있다. 박물관에는 술의 역사와 더불어 지방마다 다른 음주 습속, 술의 종류별 구분법, 양조와 관련한 다양한 기물, 술과 관련된 고대 유물 등을 접할 수 있다.

마오쩌둥을 비롯해 중국 공산당 총리였던 저우언라이와 중국 국가 주석이었던 류사오치 등이 마오타이주를 즐겨 마셨다고 한다. 국공합작 당시 마오쩌둥과 장제스가 모인 자리에서 마오타이주를 마시는 모습을 조각상으로 만들 만큼 중국의 자부심이 깃든 술이다.

붉은 물이 흐르는 곳

구이저우성 서북부를 흐르는 츠수이허는 붉은 사암이 흘러내린 강물로 '츠수이'가 '붉은 물'이라는 뜻이다. 츠수이허 강기슭을 따라 형성된 작은 마을 빙안구전(丙安古鎭)은 온통 붉은색 기가 걸려 있다. 마오쩌둥이 이끄는 공산당(홍군)이 장제스의 국민당에 쫓겨 퇴각하면서 대장정을 할 때 츠수이허를 건너 이 마을에 도착해 주민들의 보호를 받았다. 그래서 중국 사람들은 빙안구전을 홍군의 유적지로 기리며 곳곳에 붉은 기를 걸어둔 것이다. 중국 국가주석을 역임한 후진타오가 남긴 '대장정이 인민 군대의 영광이고 중화민족의 자랑'이라는 글귀가 이 마을의 역사를 말해 준다.

빙안구전은 경사지 절벽에 달라붙듯 조성되어 크지는 않지만 독특한 외관을 자랑한다. 강을 가로지르는 현수교가 마을로 들어가는 유일한 통로인데 '다리 위에서 장난치지 말라', '오토바이는 내려서 끌고 가라'는 등의 경고 문구가 붙어 있다. 다리 위에서 사진을 찍어달라고 부탁을 한 아가씨들과 잠시 이야기를 나누던 중 충칭으로 갈 예정이라고 하니 한 아가씨가 전화번호를 적어주며 초대하겠다고 했다.

충칭의 대한민국 임시정부

쓰촨성에 있는 충칭에서는 대표 음식인 중국식 샤브샤브 훠궈를 맛보아야 한다. 빙안구전에서 만난 두 아가씨와 연락이 닿아 함께 마오쩌둥이 즐겨 찾았다는 훠궈 식당으로 갔다. 종업원들이 모두 옛 홍군의 복장을 하고 손님을 맞이했고, 마오쩌둥의 배지를 달아주며 가벼운 공연을 보여주기도 했다.

여행지에서 사진을 찍어주다가 인연이 되어 식사도 대접받고 옌(顏) 양의 아파트에서 신세를 지기로 했다. 딱 한 번 만난 사람들에게 이토록 융숭한 대접을 할 수 있는 것은 상대의 성격도 한몫하겠지만 여행이 주는 인간적인 교감이 작용한 덕분일 것이다.

항구 일대에 갑자기 도자기 공방들이 우후죽순 들어서면서 이름을 얻게 된 것이 츠치커우(磁器口)이다. 2년 전만 해도 전철 공사가 한창이었는데, 어느새 새로운 역사가 들어서면서 아침부터 관광객들로 붐볐다. 츠치커우에는 1700년 전의 옛 가옥과 가마 유적지가 남아 있다.

츠치커우를 돌아본 다음 옌 양이 우리를 데려간 곳은 임시정부 옛터였다. 세 번째 보는 임시정부의 현장이지만 여전히 가슴이 뭉클했다. 상하이에 건립된 대한민국 임시정부는 일제의 박해를 피해 중국의 여러 지역을 떠돌다가 해방 때까지 6년간 충칭에 머물렀다. 새삼 선열의 발자취에 경의를 표하고 돌아서는데, 무심히 지나치는 한국 관광객을 보면서 씁쓸한 마음이 솟구쳤다.

삼국지의 무대, 장강삼협

드넓은 중국 대륙의 한가운데를 가로지르는, 아시아에서 가장 긴 장강(양쯔강)은 황허강과 더불어 예로부터 중국의 젖줄이었다. 전체 길이가 6,300킬로미터로 세계에서 세 번째로 긴 강이다. 하지만 범람하면 드넓은 장강 유역이 엄청난 피해를 입는 탓에 홍수도 조절하고 전기도 생산하기 위해 만든 것이 싼샤댐(三峽)이다. 장강이 흘러내리는 길목 가운데 특히 험난하기로 유명한 취탕샤(瞿塘峽), 우샤(巫峽), 시링샤(西陵峽) 세 협곡을 잇는다고 해서 붙여진 이름이다. 이 삼협(三峽)은 중국에서도 제일가는 절경으로 꼽히는데 특히 취탕샤는 10위안짜리 중국 지폐에도 등장할 만큼 천혜의 아름다움을 뽐낸다.

싼샤댐이 완공되자 세 협곡은 험한 물길을 잃었지만 유람선이 다니면서 인기 관광지가 되었다. 특히 《삼국지》의 실제 무대인 장강삼협과 백제성, 석보채 등을 가까이에서 볼 수 있어 더욱 인기다. 백제성은 유비가 죽음을 맞이한 곳이고, 석보채는 장강의 진주로 불리는 9층짜리 누각으로 마치 바위 절벽에 갖다 붙이듯이 지어졌으며 그 꼭대기에 관우상이 있다.

크루즈에서 한국 여행객을 만나 얘기를 들어보니 호화 유람선이라고 이름 붙인 것이 돈을 빼먹기 위한 술책에 가까웠다. 석보채는 항만비 핑계를 대며 자기들 여행 프로그램에 참여하지 않으면 아예 상륙하지 못하도록 했다. 게다가 50원이면 족한 크루즈 비용을 1인당 220원씩 받고 있었다. 선장 초대 환영연 역시 싸구려 샴페인 한 잔에 과자 부스러기 몇 개가 전부이고 요란스럽게 인사치레를 할 뿐 별다른 유흥은 없다. 바가지요금을 물면서도 알맹이 없는 외부 관광밖에 하지 못하는 호화유람선 프로그램은 참여할 게 못 된다. 그보다 일반 관광선을 타면 들르는 곳도 많고 시간 활용을 하기에도 훨씬 좋다.

4장

친절이 넘쳐나는 동남아 지역

손길이 닿지 않은 자연, 인도네시아

푸푸탄의 나라

발리는 인도네시아 내에서도 독특한 문화를 가진 곳이다. 인도네시아라는 국명을 훨씬 뛰어넘는 높은 인지도를 가졌고, 이슬람이 주류인 나라에서 섬 주민의 92퍼센트가 힌두교도이다. 남아시아에서 힌두교를 믿는 얼마 안 되는 곳이라고 할 수 있다. 그러나 인도와는 상당히 다르게 변형되었고, 발리의 힌두교 습속에서도 불교와의 연관성이 나타나기도 한다.

발리의 힌두교도는 만났을 때 '옴 스와스티아스투', 헤어

질 때는 '옴 산티 산티 산티'라고 한다. 평화를 기원하는 의미라고 하는데 모두 '옴' 자가 붙는다. 불교에서 '옴(唵)'은 신성한 음절로 기독교의 '아멘'에 해당한다고 볼 수 있다. 힌두교에서 '옴(Aum)'은 3대 신의 별칭 첫 글자를 딴 것이다.

'옴' 자는 사원과 일반 가정에서도 쉽게 눈에 띈다. 불교의 상징인 '만자(卍)'도 마찬가지다. 만자 표시를 보고 사찰이 있나 싶었지만 힌두교 신자의 개인 사당이었다. 이렇게 그 지역의 종교와 문화를 알고 가면 훨씬 더 볼거리가 많고 더욱 가까이 들어갈 수 있다.

발리에 도착하자마자 세차게 쏟아지는 비가 우기임을 알려주었다. 오랜만에 찾은 덴파사르 공항은 완전히 새로운 모습이었다. 3년 전보다 규모가 커지고 도로도 새로 닦아서 현대적인 모습으로 탈바꿈했다.

우선 인도네시아의 자랑스러운 역사의 현장인 푸푸탄 광장부터 들러보기로 했다. 외세의 침략에 더 이상 물리적 저항이 불가능하다고 판단될 때 끝까지 저항하는 뜻으로 자결하는 행위에 붙인 고결한 이름이 '푸푸탄'이다. 발리어로 푸푸탄은 '죽음'을 의미한다.

인도네시아 역사에서 푸푸탄이 몇 차례 있었다. 그중 응우라 라이 대위는 발리의 독립을 지키기 위해 네덜란드의 침공에 끝까지 대항하다가 마지막 푸푸탄의 한 사람이 되었다. 서기 70년대 로마군에 맞서 3년간 버티던 끝에 전원이 스스로 목숨을 끊은 마사다 항전이 오늘날까지 유대인의 정신적 유산으로 남아 있는 것과 같다. 발리 판 마사다 항전이었던 셈이다.

발리에 첫발을 내딛는 수많은 사람들은 덴파사르 공항의 공식 명칭이 응우라라이라는 것을 모른다. 자주 독립의 정신을 기리고자 하는 노력을 엿볼 수 있는 대목이다. 이러한 발리의 역사와 문화를 알고 보면 푸푸탄 광장이 단순 볼거리를 넘어 더욱 의미 있게 다가온다.

길리의 젊은이들

길리는 인도네시아 롬복 섬에서 보트로 10분 거리에 있는 세 개(트라왕안, 메노, 아이르)의 섬이다. 발리에서 길리로 간다고 하면 세 개 섬 중 가장 큰 트라왕안부터 들르게 된다. 가장 크다고는 하나 두 시간이면 걸어서 해안을 한 바퀴 돌 수 있다. 길리는 발리의 여느 바다와 조금 다른 에메랄드빛 바다와 백사장으로 유명하고, 자동차와 오토바이가 다니지 않는다.

시계 반대 방향으로 섬을 돌아가는데 크리스마스이브 축제가 계속되는 듯했다. 물속에 들어간 젊은이들이 쿵쾅거리는 음악 소리에 맞춰 몸을 흔들어댔다. 상점 입구에는 빈 맥주병이 산처럼 쌓여 있었다. 새벽에 해 뜨는 모습을 보다가 만난 무리가 우리를 알아보고 손을 흔들기에 다가가 잠시 서서 이야기를 나눴다.

각각 프랑스, 벨기에, 이탈리아, 독일, 스코틀랜드에서 온 젊은이들이 한데 어울리고 있었다. 한 젊은이가 우리에게 나이를 묻기에 정직하게 대답했더니 깜짝 놀라며 바로 축복의 말을 건넸다. 비키니를 입은 아가씨들도 곁으로 다가와 떠들썩하게 사진도 찍고 잠시 껴안으며 인사를 나누니 아내는 낯선 분위기가 놀라운 모양이었다.

길리는 딱히 볼거리가 없다. 걷거나 자전거를 타거나 모래밭에 누워 그저 바다를 즐기는 것이 전부이다. 그래서인지 길리에는 유독 젊은이들이 많다. 각국의 젊은이들이 한데 어울려 자연스럽게 즐기는 모습 자체가 길리의 매력일 것이다.

사삭 부족의 결혼 축하연

롬복은 전통적으로 사삭 부족이 살던 곳이다. 사삭 부족은 지금까지도 고유의 언어를 쓰면서 전통문화를 유지할 정도로 자부심이 대단하다. 사삭 원주민이 사는 사드 마을은 일반 관광객에게 공개하고 있어 그들의 생활양식을 엿볼 수 있다.

사드 마을에는 다닥다닥 붙은 200가호에 700여 명의 사삭 부족이 살고 있다. 이제 사드에는 집을 지을 공간이 없어 섬 안의 약 90개소에 흩어져 살고 있다는데, 타지로는 절대 나가지 않는다고 한다.

인도네시아는 주로 3모작을 하는데, 수리 시설 없이 천수답을 쓰는 이곳은 1년에 딱 한 번 벼 수확을 한단다. 전량을 자가 공급에 충당하고 외부에 팔지를 않는다니 그만큼 경제적 기반이 취약하다는 이야기다.

사삭 부족의 결혼 풍습은 좀 특이하다. 마음이 맞는 사촌끼리 결혼하는 근친혼이 많은데, 처녀를 훔쳐서 도망을 갔다가 함께 돌아오는 방식으로 결혼한다는 것이다.

마침 결혼식 축하연이 있다기에 신부의 집으로 가보았다. 2주일 전에 결혼식은 치렀고, 오늘은 축하연과 마을 행진이 있었다. 큰 마당에 천막을 치고 앉을 수 있는 의자와 깔개를 마련해 두었다. 대형 앰프에서는 축하의 소리가 크게 울리고, 악대까지 동원되어 요란하게 연주를 해댔다. 그저 구경만 하기보다 자연스럽게 어울리는 것이 좋겠다 싶어 춤판에도 끼어들어 몸을 조금 흔들었더니 부족 사람들이 더욱 즐거워했다.

행진을 시작하려는데 장대비가 쏟아지기 시작했다. 하지만 우산은 신랑 신부에게만 씌워주고 다른 사람들은 아무도 우산을 쓰지 않는 것을 보니 그것이 의례인 듯했다. 행진을 해서 신랑집에 도착하니 축하연은 여기서도 계속되는 것 같았다. 우리는 신랑 신부와 함께 사진도 찍고 축복의 인사를 건넨 뒤 그곳을 떠났다.

발리에서 만난 사람들

2008년 처음으로 여행 안내서 한 권에 의지해 발리를 일주할 때였다. 이른 아침 문둑 지역의 안개 낀 산길을 지나가던 중 길가의 작은 사원에서 기도를 올리는 부부에게 길을 물었다. 친절하게 설명해 주기에 통성명하고 잠시 이야기를 나눴다. 남자의 이름은 뇨만, 여자의 이름은 누르였는데, 뇨만 씨는 그냥 망콕이라고 부르라고 했다.

"주민 외에 외지인들은 잘 안 다니는 길인데 어떻게 오게 되었나요?"

망콕의 물음에 내가 대답했다.

"현지 사람들이 자연스럽게 사는 모습이 보고 싶어서요."

"우리 사는 모습이 무슨 볼거리가 되나요?"

"한국 사람들이 발리 여행을 많이 오기는 하지만 관광지만 돌아보고 갈 뿐이에요. 하지만 나는 이곳 사람들의 일상적인 모습이나 전통문화를 체험하는 것이 더 좋아요."

그러자 누르 부인이 말했다.

"그럼 힌두식 전통춤을 보여드릴까요?"

그러더니 누르 부인이 그 자리에서 전통 춤을 추는 것이 아닌가. 새벽의 산속, 안개에 휩싸인 사원에서 봤던 그녀의 우아한 춤사위가 지금도 잊혀지지 않는다. 그날 저녁 무렵 부부의 집을 찾아갔더니 아주 반가워하면서 직접 구운 전통 과자와 차를 대접해 주었다.

이번 여행에서도 가물거리는 기억을 되살려 망콕의 집을 찾아가니 누르 부인이 반색하며 달려 나왔다. 막내딸 딘다도 3년 사이 숙녀가 되어 있었다.

누르 부인을 따라 아랫집으로 가니 마르티인이라는 네

덜란드 사람이 현지인과 결혼해서 살고 있었다. 66세의 나이에 슬하에 네 살짜리 딸을 두었다고 한다. 이 사람은 10년 전에 정착하면서 땅을 샀는데 지금은 몇 배가 올랐다며 은근히 땅의 구입을 권하기도 했다.

우리는 망콕과 누르 부인의 집에 하룻밤 신세를 지면서 예전 이야기도 하고 가족들 안부를 나누었다. 매번 찾아올 때마다 불편한 기색 하나 없이 반갑게 맞아주는 그들이 고마울 따름이었다. 길에서 우연히 만난 사람들이 이제는 가족의 안부를 물을 정도로 가까운 사이가 되었다.

발리 북부의 항구 도시 싱아라자에서 만난 거데도 잊을 수 없다. 2008년 처음 발리를 찾았을 때 자바섬의 동쪽 끝인 바뉴왕이에서 3킬로미터의 좁은 해협을 사이에 두고 마주 보는 길리마눅으로 들어갔다. 그때 큰길가에 있는 사무실로 무작정 들어가서 통성명을 하게 된 사람이 거데이다. 그는 발리섬의 서쪽 끝에 있는 서부발리국립공원의 관리인이었다. 그는 마침 근무가 끝나 집이 있는 싱아라자로 갈 참이니 동행하며 안내해 주겠다고 했다.

남쪽 해안을 따라 동쪽으로 가려던 계획을 바꿔 북쪽 해안을 따라가며 여행을 하다가 결국에는 그의 집에서 하룻밤 신세를 지게 되었다. 마침 그날 친척의 결혼식이 있다고 해서 우리나라의 폐백과 유사한 전통 예식을 구경하기도 했다.

이후 친구들과 방문했을 때도 거데는 가족처럼 반갑게 맞아주었다. 처음 만났을 때 요람에 있던 막내아들 위라도 몰라보게 훌쩍 커 있었다.

이처럼 여행은 내 삶에서 인연의 폭을 넓혀준다. 그런 사람들이 있기 때문에 또다시 그곳을 찾게 되는 것인지, 거듭 찾아가다 보면 특별한 인연이 되는 것인지는 알 수 없다. 아마도 둘 다일 것이다.

섬 속의 호수, 호수 속의 섬

몇만 년 전 거대한 화산 폭발로 생겨난 칼데라에 형성된 것이 토바 호수이고, 호수가 점점 커지면서 싱가포르보다 큰 섬이 생겨났다. 토바 호는 섬 안의 호수이고, 사모시르 섬은 호수 속의 섬이다. 동양 최대의 호수이자 수마트라 섬 최고의 휴양지인 토바호로 들어가는 육로와 수로의 교통 요충지가 바로 파라팟이다. 선착장에서 배를 타고 사모시르 섬 동쪽의 툭툭 지역으로 들어가는 길에 바라본 호수 속의 섬의 모습은 눈길이 닿는 곳마다 절경이었다. 지붕이 뾰족하게 솟은 바탁식 전통 가옥들이 짙은 녹음 곳곳에 박혀 있는 모습이 호수와 절묘하게 어우러진 것이다.

수백 년 전 이곳의 선조들은 특이하게도 다양한 신상과 일상의 생활을 표현한 돌을 꽤 많이 남겼다. 돌 탁자, 돌 의자, 돌 사다리, 돌로 만든 동물 형상과 회의하는 무리 등을 볼 수 있는 곳이 암바리타 마을이다.

좁은 길을 넓히고 포장도로를 깔려고 하는지 여기저기 공사의 흔적이 남아 있었다. 길목에 몇 가호 되지 않던 작은 마을이었는데, 예전에 왔을 때는 보이지 않던 팻말이 있기에 들어가 보니 제법 규모가 큰 돌 작품들이 있었다. 하지만 주인장이 쇠갈퀴를 가지고 돌 표면에 붙은 이끼들을 박박 긁어대면서 수백 년은 되었을 돌 조각품에 흠집을 내고 있는 게 아닌가. 돌이끼가 나타내는 연륜의 가치를 모르는 사람이라 생각되어 말없이 돌아서 나왔다.

돌로 만든 회의장에는 '돌 의자에 걸터앉지 말라'는 경고 문구가 붙어 있었다. 크기는 약간 작지만 등받이 살까지 사실적으로 표현된 의자였다. 그런데 안내원이 바로 그 의자에 앉아서 해설을 하더니 돌아가면서 한 번씩 앉아보라는 것이었다. 얼떨결에 우리도 앉아보기는 했지만, 왠지 문화재를 함부로 대한 것 같아 마음이 개운치는 않았다. 붙어 있는 경고 문구와 안내원의 행동이 일치하지 않은 것을 보면 이곳도 관리 시스템이 제대로 정착하지 못한 것이 분명하다.

생애 첫 모터사이클 여행

인도네시아는 대부분의 사람들이 오토바이를 타고 이동한다. 도로와 공공 교통수단이 발달하지 않은 데다 저소득층이 많아 자동차보다 저렴한 오토바이를 주로 이용하는 것이다. 심지어 오토바이 택시도 있다.

한국에서 자전거는 타봤지만 오토바이를 타본 적은 없다. 하지만 동남아시아 지역을 여행하다 보면 오토바이가 절실할 때가 있다. 마스 코테지는 한적한 호숫가로 주위 환경은 더할 나위 없지만 주변을 둘러보기에는 무리가 있었다. 대중교통을 이용하려면 너무 많이 걸어야 하니 오토바이가 제격이었다.

그래서 숙소 주인장에게 부탁해 오토바이 한 대를 빌려 즉석에서 강의를 받았다. 잠금을 풀고 시동을 켜는 것부터 꼼꼼히 배운 다음 곧바로 오토바이를 몰고 사모시르에서 가장 큰 토목 마을까지 달렸다. 차도를 따라 1시간여 만에 돌아오는 동안 한 번도 넘어지지 않았으니 슬슬 자만심이 생기기 시작했다.

자신감이 붙자 아내를 뒤에 태우고 또다시 토목 마을로 갔다. 이곳의 유적지라고는 왕이 앉았다는 돌 의자와 바탁 박물관이 전부다. 왕실 묘에는 바탁식 전통 돌무덤에 십자가가 있는데, 기독교와 애니미즘의 결합이 왠지 어울리지 않았다.

호반 길을 따라 남쪽으로 달리다가 지나다니는 사람이 없자 조금 속도를 올려보았다. 그런데 자만심에 생채기를 내듯 진흙탕에 두 번, 갈림길에서 또 한 번 넘어지고 말았다. 다행히 다치지는 않았다 싶었는데 숙소 문 앞에서 기어이 피를 흘리고 말았다. 그나마 살갗이 긁힌 정도여서 천만다행이었다. 오토바이의 회전 각도가 자전거만큼 꺾이지 않는다는 사실을 뒤늦게 터득했다.

저녁을 먹기 위해 식당으로 내려가니 젊은이 둘이 한바탕 웃고 떠들며 이야기를 나누고 있었다. 우리도 자리에 앉아 대화를 나누던 중 한국인이라고 했더니 그들도 몇 달 뒤에 한국으로 여행할 예정이라고 했다. 우리는 즉석에서 한국에 오면 집으로 초대할 테니 꼭 연락하라고 했다. 그로부터 네 달 뒤 포야와 토르니 커플은 우리 집에 머물면서 우리나라 곳곳을 함께 여행했다. 포야는 이란계 스웨덴인으로 이비인후과 의사이고, 토르니는 아이슬란드 출신 의사로 스웨덴의 같은 병원에 근무한다고 했다.

저녁 식사를 하고 안락의자에 기대앉아 방문 밖으로 몇 발짝 앞에서 야자수에 매어둔 줄 그네를 잡고 호수에 뛰어드는 정경을 보고 있으니 묘한 감흥이 솟구쳤다. 여행지에서 이토록 느긋한 한때를 보내기가 쉽지는 않을 터였다.

뜨거운 작별

사모시르 섬에서는 모터사이클 여행이 계속되었다. 또다시 아내를 뒷자리에 태우고 토목 마을의 로렌티노를 찾아갔더니 반갑게 맞이하며 섬을 안내해 주겠다고 했다. 아내는 로렌티노의 오토바이 뒷자리에 타고 나는 혼자 몰았다.

로렌티노는 결혼 전까지 살았고, 어머니와 숙부 내외가 지금도 살고 있는 바탁 전통 마을로 우리를 데려갔다. 바탁 마을의 28가구 주민 모두가 가톨릭 신자라고 한다. 건물 안은 생각보다 공간이 아주 넓어 다양한 쓰임새로 꾸며져 있었지만 가재도구는 몹시나 단출했다. 86세의 어머니는 그 나이에도 작은 커피와 코코아 농원에서 일을 계속 한다고 한다.

전통마을을 나서서 남쪽으로 달리니 그림 같은 풍광이

펼쳐졌다. 산 정상에 있는 시디호니 호수까지 달렸는데, 호수 속의 섬 꼭대기에 있는 호수인 셈이었다. 섬(수마트라) 속의 커다란 호수(토바 호) 속에 떠 있는 섬(사모시르)의 산꼭대기에 있는 작은 호수. 시디호니 호수를 설명하려니 말장난이 되어버린다. 시디호니 호수는 원래 더 넓었는데 수년 전 남쪽 산기슭이 갑자기 무너지면서 많은 물이 큰 호수로 빠져나갔다고 한다.

토바 호수를 떠나는 날 로렌티노에게 작별 인사를 하려고 전화를 했는데, 얼마 지나지 않아 숙소로 찾아왔다. 일부러 숙소를 알려주지 않았는데 물어물어 알아낸 것이었다. 그러면서 손수 만든 목각품을 건넸다. 뜻밖의 선물에 답례품도 준비하지 못한 우리는 여행 중에 아이들을 만나면 주려고 가져온 필통과 어린이용 스티커 두 장을 주었다. 그러고는 배낭을 아예 바닥에 쏟아 아내의 옷가지와 깨끗한 면장갑 등을 이것저것 챙겨서 쥐여주었다.

짧은 시간이지만 정을 듬뿍 느꼈는지 아내는 뱃전에 서서 눈물을 글썽거렸다. 가난한 집에서 자라 고등학교를 마친 뒤 목각 기술을 배워 세 자녀를 키우고, 아내는 삯바느질을 하면서도 늘 웃음을 잃지 않고 우리 같은 여행자에게 아낌없이 정을 나누는 사람들이었다. 그들의 마음을 생각하면

눈시울이 아린다.

적도선을 넘다

수마트라 섬 가운데 위치한 인구 10만의 작은 도시 부킷팅기. 부킷은 '언덕'이나 '구릉', '산'을 뜻하고 '팅기'는 '높다'는 뜻이다. 이름 그대로 해발 900미터의 고원지대이다. 인도네시아는 적도 지역인데도 이곳의 기후는 선선해서 식민지 시설 피서지로 인기가 많았다고 한다.

이 지역을 지배하던 민족은 미낭카바우족인데, 보기 드문 모계사회로 여성 중심 문화가 눈길을 끈다. 나는 무엇보다 일상 건축물의 지붕으로는 세상에서 가장 아름다운 지붕을 아내에게 보여주고 싶었다.

밤새 달리던 버스가 갑자기 고장을 일으켜 캄캄한 어둠 속에서 손전등에 의지해 수리해야 했다. 마땅한 공구도 없이 고치는 모습이 안쓰럽기는 했지만 손기술 하나는 탁월한 듯했다. 도로 곳곳이 패어 통행하기 힘든 곳이 많았고, 새벽 2시가 넘은 시각에 주민들이 나와서 불빛으로 신호를 해 주고는 푼돈을 챙겼다. 이곳 사람들은 차가 늦게 와도 불평 한마디 없고, 고장이 나서 언제 갈지 몰라도 그저 말없이 묵묵히 기다린다. 밤중에 간신히 고친 차가 울퉁불퉁한 도로를 달리다 또다시 멈춰 서고 말았다. 버스 기사는 한동안 차 밑에 들어가 이것저것 만지더니 또다시 출발했다. 이들을 보면 우리가 너무 성급하게 사는 것이 아닌가 하는 생각이 들기도 한다.

원래 부킷팅기에 도착해야 할 시각이 아침 8시경인데, 적도 표시선에 도착하니 이미 정오가 지나 있었다. 도로를 가로지르는 적도선을 따라 조금만 동쪽으로 들어가면 대칭형으로 지은 건물의 한가운데를 적도선이 지나가도록 남북으로 걸쳐 지은 이맘 본조르 박물관이 있다. 미낭카바우족의 지도자였던 본조르는 네덜란드군에 맞서 싸운 인물로 5,000루피아 지폐에 들어 있다.

모계 부족 미낭카바우

라오라오는 미낭카바우 전통 가옥이 밀집한 마을이다. 한 곳으로 들어가 집 구경을 했는데, 거주하는 방식에도 일정한 예법이 있다고 했다. 주인 내외가 첫째 방을 쓰다가 첫딸이 결혼하면 그 방을 내주고, 딸들이 결혼할 때마다 쓰던 방을 내준다는 것이었다. 부모는 차츰 다음 방으로 밀리다가 나중에는 거실에서 거주한다고 한다. 거실에서도 주인은 단 위에 자리하고, 손님은 단 아래에 자리하는 것이 예법이라고 한다. 특이하게도 이곳의 여자들은 결혼을 여러 번 한다고 한다. 운전기사 겸 가이드인 아만(Arman)의 누나도 부모의 결정하에 네 번 결혼했다고 한다. 아무래도 모계사회의 영향인 듯하다.

미낭카바우 지역 전통 건축 양식을 가장 잘 보여주는 것이 파가루융 왕국의 궁전이다. 뾰족한 지붕은 소뿔 모양에서 따왔다고 하는데, 옛날 소싸움으로 승부를 가린 데서 유래했다는 이야기가 있다. 우리가 갔을 때는 왕비의 거처가 불에 타서 복원 중이었다. 약간 떨어져 있는 왕궁도 여러 차례 소실과 복원을 거듭했다. 지난번에는 복구공사 때문에 왕궁 내부까지 들어가지 못했다. 왕궁 내부는 모계사회답게 여성을 위한 공간이라는 것을 알 수 있었다.

인도네시아는 인간의 손길이 최소화한 자연을 선사하는 곳이다. 오래전부터 이 땅을 지배해 온 부족들의 모습과 문화를 엿볼 수 있어서 더욱 유익하다. 하지만 그보다 더 기억에 남는 것은 가난한 삶에도 아낌없이 베풀어주는 사람들이다. 인도네시아 곳곳을 다니다 보면 사람들 때문에 더 많이 웃게 되지만 돌아서는 순간 애잔한 마음에 코끝이 시큰해진다.

파가루융 왕국의 궁전

꿈같은 이야기, 꿈같은 곳
말레이시아

침탈자의 오래된 무덤

말레이시아반도와 인도네시아 수마트라 섬 사이의 좁은 말라카 해협은 태평양과 인도양을 잇는 최단 항로로 중동 원유의 50퍼센트가 이곳을 지나간다. 말라카 해협에 면한 항구 도시 말라카가 한때 서구 열강들이 각축전을 벌이는 중심지가 된 것은 이와 같은 지정학적 이유가 있었다. 그래서인지 해적이 가장 많이 출몰했던 곳이기도 하다.

이러한 각축전은 많은 유적을 남겼는데 그중 대표적인 것이 포르투갈의 진지가 있었던 세인트존 언덕의 성채와 세인트폴 교회이다. 말라카 해협이 한눈에 내려다보이는 곳에 자리 잡은 세인트폴 교회는 현재 벽체만 남아 있고, 1600년대의 다양한 비석들이 벽체를 따라 세워져 있다. 처음에 이곳을 지배했던 포르투갈인이 세웠고, 이후 네덜란드가 지배하면서 귀족들의 무덤으로 사용되었다. 일본에 기독교를 전파한 성 프란시스 사비에르가 이곳에 잠시 묻혔으며, 교회 앞에 그의 동상이 세워져 있다.

원래 서양의 교회는 바티칸의 성베드로성당처럼 무덤과 함께하는 공간으로 인식되었고, 지금도 유서 깊은 성당은 수많은 사람들의 무덤으로 채워져 있다. 교회에 무덤까지 있으니 더욱 엄숙해지는 것이 아닐까. 하지만 자기네 땅도 아니고 머나먼 남의 땅에 묻힌 사람들의 무덤을 보고 있자니 애도보다는 침탈의 역사가 먼저 떠오른다.

힌두교 속죄의 의식, 타이푸삼

6~7년 전쯤 디스커버리 채널을 통해 힌두교의 타이푸삼(Thaipusam) 축제를 처음 알게 되었다. 나이 지긋한 호주 신사가 힌두교 문화를 접한 이후로 매년 타이푸삼 축제에 참가한다며 인터뷰를 했다. 그는 아주 긴 쇠꼬챙이를 양쪽 뺨

과 혀로 관통한 다음 양쪽 턱밑에 X자 모양으로 꽂고, 등에는 쇠로 만든 틀에 화려한 장식을 단 무거운 등짐(카바디)을 지고 있었다. 그 차림으로 쿠알라룸푸르에서 가장 큰 힌두교 사원을 출발해 맨발로 13킬로미터 북쪽에 있는 바투 동굴까지 걸어가 272계단을 올라 무르간 신상 앞에 카바디를 내려놓는 과정을 보여주는 것이었다.

바투 동굴과 무르간 신상

사람이 알게 모르게 짓게 되는 잘못과 삶의 고통이 주는 무게를 표현한 것으로 잘못을 뉘우치고 용서를 비는 행위라고 한다. 그는 쇠꼬챙이로 뺨과 혀를 뚫어도 아무런 고통을 느끼지 않으며, 행사가 끝나고 열흘쯤 지나면 아무런 흉터도 남지 않는다고 했다.

바로 그 타이푸삼 축제의 출발지가 스리마하마리아만 사원인데, 힌두교에서 번영의 여신의 이름을 딴 것이라고 한다. 사원으로 들어서자 사제가 우리를 불러 이마에 점을 찍어주며 뭔가를 중얼거렸는데, 아마도 축복을 비는 기도인 듯했다.

사원은 중앙 건물의 내부보다는 벽체를 따라 늘어선 힌두교 신들의 조각상이 눈길을 끌었다. 사원을 한 바퀴 돌아 나오면서 타이푸삼 행사가 언제 열리느냐고 물었더니 바로 어제 끝났다고 한다. 힌두교의 독특한 의식을 볼 수 있는 기회를 하루 차이로 안타깝게 놓치고 말았다.

아쉬움을 뒤로하고 타이푸삼 행사의 종착지인 바투 동굴로 발길을 돌렸다. 바투 동굴은 인도를 제외하고 가장 큰 힌두교 성지로 다양한 힌두교 행사와 순례가 이어지는 곳이다.

바투 동굴의 입구에는 스리마하마리아만 여신의 아들인

전쟁의 신 무르간의 대형 황금색 상이 창을 들고 서서 참배객들을 내려다보고 있다. 동굴 입구의 계단에서부터 동굴 내부에 이르기까지 타이푸삼 행사에 쓰인 용품들이 무더기로 쌓여 있었다.

수억 년 전에 형성된 석회암 동굴이지만 19세기가 끝날 무렵에야 일반에 널리 알려지면서 힌두교 사원이 들어서고 성지가 되었으니 100년이 조금 넘는 역사를 가지고 있는 셈이다. 동굴로 들어가서 수십 계단을 오르면 하늘이 뻥 뚫린 작은 광장이 나온다. 이곳에 작은 사원이 있고, 힌두교 사제가 참배객들을 맞이한다.

동굴의 입구에 서니 비로소 얼마나 높은 곳인지를 실감할 수 있었다. 눈앞에 쿠알라룸푸르 시내가 내려다보이고, 쿠알라룸푸르 타워와 페트로나스 트윈타워가 손에 잡힐 듯했다.

멩라이의 치앙마이,
치앙라이

성곽과 사원의 도시, 치앙마이

주위의 소수민족들을 통합하여 란나 왕국을 세운 멩라이 왕이 1262년 자신의 이름을 따서 세운 도시가 치앙라이다. '치앙'은 도시라는 뜻이다. 그리고 4년 뒤 남쪽으로 200킬로미터 떨어진 곳에 새로운 도시를 지은 것이 치앙마이다. '마이'는 '새로운'이라는 뜻이다. 치앙마이는 란나 타이 왕국의 수도로, 옛 타이 문화의 흔적이 많이 남아 있다.

사방이 확 트인 넓은 들판 한가운데 정사각형의 성곽을 짓고 외부의 침략을 대비해 성벽 주위를 해자로 둘러쌌다.

그러므로 치앙마이의 구시가지로 들어가려면 성곽을 둘러싼 이 해자에 걸쳐둔 다리를 통과해야 한다.

성곽 안으로 들어가는 5개의 문이 있는데, 우리는 동쪽 문으로 들어가 북쪽으로 향하면서 큰 사원들은 전부 돌아보았다. 성곽 안에는 크고 작은 사원들이 천여 개나 된다고 한다. 태국 북방계의 불상과 불탑이 보이기도 하지만, 200여 년에 걸쳐 버마의 지배를 받았던 영향도 보이고, 한때는 이 지역의 강자로 군림했던 크메르 문화의 흔적도 있으며, 더구나 힌두교 양식까지 이국적인 요소가 섞여 있다. 불상의 머리도 뾰족한 투구 모양의 가리개를 씌웠다거나 인도의 나가 신처럼 뱀의 머리를 한 모습도 있다. 코끼리가 불탑을 떠받치고 있는 모습도 북방의 대승불교에서는 잘 나타나지 않는 양식이다.

치앙라이의 골든 트라이앵글

앞에서도 말했듯이 멩라이 왕이 건설한 치앙라이는 태국 최북단으로 미얀마, 라오스와 국경이 맞닿은 도시이다. 치앙라이의 70퍼센트 이상이 산으로 원시 자연과 함께 해발 1천 미터 고지대에 사는 고산족들을 만나볼 수 있다.

치앙라이 시내는 1일 투어로 가볍게 둘러보기로 하고, 아침 일찌감치 백색사원으로 갔다. 그런데 본전 뒤에 있는 건물 꼭대기가 부서져 있다. 이유를 물어보니 5개월 전 6.2의 강진으로 부서져 공사가 중단되었다는 것이다. 본전 입구의 오른쪽 기둥과 벽의 채색화도 일부 떨어져 나갔다. 현대문명의 부정적 요소를 그린 부분은 떨어져 나가고 불상을 표현한 부분은 멀쩡했다고 하니 이 또한 종교의 신비로 설명해야 할지 알 수가 없었다.

왓롱쿤 박물관에는 국민 작가의 반열에 오른 사람들의 역작을 전시해 두었다. 상당 부분은 힌두교의 영향을 받은 듯했고, 무소의 뿔을 사용한 것도 하나의 특징이었다.

치앙라이에서 40분 정도 가면 미얀마와 국경을 맞대고 있는 메사이 마을이다. 이곳은 미얀마와의 거래가 활발한 듯 사람들과 차량들이 꽤 북적였고, 특히 물건을 잔뜩 싣고 미얀마로 들어가는 차들이 많았다.

메콩강을 중심으로 태국, 미얀마, 라오스 3국이 나뉘는 곳을 골든 트라이앵글이라고 한다. 이 황금의 삼각지대는 한때 양귀비 재배로 악명이 높았으나 지금은 극소수가 은밀히 재배하는 정도로 정화가 되었다고 한다.

버마와 라오스, 태국 세 나라가 국경을 마주한 곳에는 경쟁하듯 번듯한 건물이 서로 마주 보고 들어서 있다. 국가의 자존심이 작용한 것이 아닐까. 특히 라오스 쪽 건물은 중국 자본이 99년간 조차 형식으로 카지노를 운영한다고 하니 가난한 나라의 비애가 묻어나는 듯했다.

태국 핫야이의 와불사

미소의 나라,
라오스

모든 것이 부족한 나라

사람들은 보통 세계적인 명소를 찾아 여행을 떠난다. 유적지나 역사적 가치가 높은 예술 작품과 건축물을 보기 위해, 또는 아름다운 자연경관이나 휴양지를 찾아 떠난다.

이러한 관점에서 보면 라오스는 미사여구를 동원하거나 대단한 의미 부여를 해가며 버킷리스트에 올릴 만한 곳은 아니다. 라오스로 여행 계획을 세우는 사람들은 대부분 수도 비엔티엔과 블루라군이 있는 방비엔, 전통 가옥과 사원이 있는 루앙프라방을 찾을 것이다. 조금 더 관심이 있는 사람은 산악 트레킹을 할 수 있는 루앙남타와 수백 개의 돌항아리가 놓인 폰사반의 평원을 볼 수 있다. 교통 불편을 감수한다면 남쪽의 팍세와 메콩강의 군도인 시판돈까지 갈 수 있다. 이렇게 나열하고 봐도 별 특별할 것은 없어 보인다.

한 젊은이의 라오스 여행기를 읽고 깜짝 놀란 적이 있다. 입국 때부터 좋지 않은 경험과 지저분한 숙소, 바가지 상인으로 불쾌한 경험만 하게 되어 원래 계획했던 일정까지 줄여 일찌감치 돌아왔다는 것이었다. 저마다 시각 차이가 있고 여행하는 방식이 달라서 같은 곳을 가더라도 서로 다른 경험과 감상을 하게 마련이다. 하지만 내 기억 어디에도 라오스에 대한 불쾌한 기억은 없다. 라오스 여행을 하면서 적은 일기를 뒤적여봐도 너무나 다른 느낌이다.

라오스는 매우 가난한 나라다. 1인당 국민소득이 3천 달러로 전 세계에서 경제적으로 가장 어려운 나라에 속하니 부족한 것이 한둘이 아니다.

인간이 살아가는 데 기본적으로 필요한 세 가지가 의식주인데, 라오스는 먹거리부터 여유가 없다. 라오스는 제조업이 거의 없는 농업 국가로 국민의 90퍼센트가 농민이다. 하지만 국토의 70퍼센트가 산지여서 농사를 지을 땅이 부족하다. 그나마 산에 불을 지르고 재를 거름 삼아 2~3년 옥

수수와 감자를 수확하고 나면, 또 다른 산지를 찾아 불을 지르는 화전식 농법이 여전하다. 그러니 파종철이면 라오스의 온 산천이 연기에 휩싸인다.

먹거리도 부족한데 옷인들 풍족할 리 없다. 언젠가 라오스 산간 지방으로 여행을 갔을 때 맨발로 우르르 몰려오는 8~10세의 여자아이들을 사진 찍은 적이 있다. 그런데 가까이 다가가 보니 한 여자아이가 벌거벗은 몸으로 플라스틱 빈 물통을 양손에 들고 있었다. 순간 아연하여 셔터를 누를 수조차 없었다. 아이는 낯선 사람들 앞에서 아랫도리라도 가리고 싶어 빈 물통을 들고 다녔던 것이다. 그 순간을 생각하면 지금도 울컥한다.

가는 곳마다 먹거리가 넘쳐나고, 아파트 단지와 골목마다 헌옷 수거함이 미어터지는 우리나라에서는 상상도 할 수 없는 일이다.

그렇다면 주거지는 어떨까? 현재 수도인 비엔티엔이나 옛 수도인 루앙프라방을 보면 짐작할 수 있다. 도심을 조금만 벗어나도 주거 환경은 보잘것없다. 산간지방으로 들어가면 달랑 방 한 칸에 돼지와 닭 등 가축과 함께 사는 사람들도 많다.

도시 중심가 외에는 대부분 먼지가 구름처럼 일어나는

비포장도로이고, 그곳을 달리는 차들도 낡은 중고차들이 길을 메운다. 한국에서는 수명을 다해 폐차 처리된 차량을 수입해서 다시 사용하는 것이다. 한글 노선이나 상호가 적힌 차들을 발견하면 반가운 한편 마음 한구석이 짠해진다.

10여 년 전 처음 라오스를 북에서 남으로 관통하는 여행을 하고 난 뒤 자석에 이끌리듯이 가고 또 가고, 또다시 갈 준비를 하는 사람으로서 이 나라를 변명하고 싶은 마음이 드는지도 모른다.

라오스 인구의 과반이 넘는 라오족도 어려운데, 소수민족인 몽족의 삶을 들여다보면 더욱 기가 막힌 이야기가 숨어 있다.

라오스의 역사를 간략하게 살펴보면 14세기 란상 왕국으로부터 시작된다. 19세기 프랑스 보호령이었다가 1949년 완전히 독립했다. 이후 내전을 겪다가 베트남과 캄보디아가 공산화되면서 라오스도 사회주의 진영이 정권을 잡았다.

라오스가 우여곡절 끝에 프랑스로부터 독립하자 공산주의의 득세를 우려한 미국은 CIA를 앞세워 라오스의 중북부에 위치한 폰사반의 항아리 들판을 중심으로 몽족을 끌어모아 소위 비밀군대를 결성했다. CIA는 왜 라오스 인구의 10퍼센트에 불과한 몽족을 선택했을까? 용맹스럽기로 이름을 떨친 민족이었기 때문이다.

CIA는 전쟁이 끝나면 몽족에게 자치권을 주겠다고 약속하면서 전쟁에 끌어들였다. 하지만 전쟁은 몽족의 엄청난 희생으로 끝나고 말았다. 주변국에서도 군대를 모으고 12세 소년까지 동원되었지만, 미국은 베트남전쟁에서 패한 뒤 이들에 대해서는 아무런 대책도 없이 철수해 버렸다. 북베트남의 지원으로 정권을 장악한 라오스 공산당 정부가 미국의 편에 섰던 몽족을 곱게 볼 리 만무했다. 수많은 몽족들이 공산 정부를 피해 다른 나라로 도피하거나 깊은 산 속으로 들어갔으니 그 삶이 어떠했을지 짐작할 만하지 않은가.

세상에서 가장 감동적인 인사

인도 시인 타고르가 한국을 표현한 시의 한 구절인 '조용한 아침의 나라'는 우리나라의 수식어이자 별칭이 되었다. 하지만 이 표현은 타고르가 지어낸 것이 아니라 조선 말에 천문학자 로웰이 우리나라에 왔다가 안갯속에 잠긴 초가집을 표현한 말이라는 이야기도 있다. 어쨌든 우리나라는 스스로 '조용한 아침의 나라'로 표현하게 되었고, 국적기 매거진 또한 '아침 고요'라는 뜻의 '모닝 캄(Morning Calm)'이다.

라오스는 서양 사람들에게 '미소의 나라'로 불린다. 라오스를 여행해 보면 왜 이런 별칭이 붙었는지 금방 알 수 있다. 매일같이 수많은 사람들을 만나는데, 모두 하나같이 미소를 지으며 인사를 건네는 것이다.

하루는 거리를 거니는데 눈빛이 초롱초롱한 아이의 손을 잡고 산책 나온 깔끔한 차림의 젊은 부인을 만났다. 아이의 다른 손을 장난스럽게 잡고 살짝 흔들며 귀엽다는 시늉을 하자 젊은 부인이 미소를 띠며 인사를 했다.

"싸바이 디(안녕하세요)!"

"싸바이 디!"

"짜오 마 뗏 사이(어디서 오셨어요)?"

"콰이 마 떼 까올리(한국에서요)."

달달 외운 인사말은 이쯤에서 끝내야 했다.

"콰이 빡 파사 라오 보 다이. 짜오 빡 파사 앙키 다이 보(나는 라오스말을 잘 못해요. 영어를 할 수 있나요?)

"나이 능(조금요)."

나는 얼른 배낭 속에서 연필 한 자루를 꺼내 아이 손에 쥐어주었다. 아이들이 좋아하는 예쁜 스티커도 늘 준비해 다녔는데, 벌써 동나고 없었다. 아이는 받아 든 연필에 눈길을 고정한 채 "컵 짜이(고맙습니다)"라고 했다. 그러자 젊은 부인이 아이에게 말했다.

"딴 곳을 보지 말고 얼굴을 쳐다보고 미소를 지으며 마음을 담아 고맙다고 해야지."

그러자 아이가 내 얼굴을 쳐다보며 다시 한 번 말했다.

"컵 짜이 라이 라이(대단히 고맙습니다)."

지금까지 많은 사람들에게 선물을 했지만 이처럼 감사의 인사에 감동한 적은 없었다. 언제부터인가 고맙다는 인사를 기계적으로 해오곤 했다. 선물이나 도움을 받으면 으레 고맙다는 인사를 하지만, 진심을 담아 미소를 지으며 상대의 눈을 쳐다보고 했었는지는 기억나지 않는다. 그만큼 감사하다는 말은 무의식적인 반응에 가까웠다. 뜻하지 않게 라오스의 거리에서 20대의 젊은 엄마와 아이에게 사람이 지녀야 할 태도 한 가지를 배웠다.

사원의 도시, 루앙프라방

팍우 동굴을 보기 위해 툭툭을 타고 30분 남짓 포장도로를 달렸으나 나머지 길은 황토 먼지가 풀풀 일어나는 지선도로이다. 곳곳에 땅이 패어 연신 들썩거리는 통에 사진을 찍기는커녕 풍경을 감상하기도 힘들었다.

동굴 맞은편에서 내려 보트를 갈아타고 강을 건너면 절벽 중턱에 자리한 것이 팍우 동굴 사원이다. 동굴 속은 불빛이 없어서 손전등을 비춰가며 봐야 한다. 그런데 루앙프라방의 관광 명소로 꼽히는 곳이지만 이름이 무색하게 먼지를 뒤집어쓰고 있는 수많은 불상들이 초라하다 못해 불쌍해 보이기까지 한다.

시내로 돌아와 이름난 몇몇 사원을 돌아봤지만, 태국의 사원들에 비하면 열악하기 그지없었다. 헌금 상자에도 사원을 물로 씻고 전기를 쓸 수 있게 해달라는 글귀가 붙어 있었다.

신비로운 돌항아리

4년 전 폰사반으로 가는 길에서 비포장도로의 먼지를 뽀얗게 뒤집어쓴 기억이 생생한데, 이제는 일부 보수 공사 구간을 빼고는 모두 포장도로였다.

점심을 먹기 위해 들른 식당에서 만난 영국인 부부는 방콕에서 자전거를 타고 출발해 캄보디아의 시엠립을 거쳐 라오스 남쪽에서부터 올라왔다고 했다. 우리가 내려온 여정을 거꾸로 올라가며 치앙마이 등을 돌아보고 방콕으로 돌아갈 예정이라고 하니 대단한 열정과 체력에 놀라울 따름이었다.

폰사반은 항아리 들판으로 유명한 곳이다. 드넓은 들판에 크고 작은 돌항아리들이 여기저기 놓여 있는데, 그 이유에 대한 설이 분분하다. 2천 년 전에 만들어진 돌항아리는 무덤 아니면 술 저장고라고 한다. 원래는 더 많았는데 프랑스가 일으킨 인도차이나전쟁 때 폭탄으로 파괴되고 지금은 600개 정도 남아 있다고 한다. 실제로 들판에는 폭탄이 떨어진 흔적과 지뢰를 제거한 흔적이 남아 있다.

폰사반을 끝으로 우리는 라오스를 떠나 베트남으로 갔다. 험준한 산들을 넘고 넘어 도착한 국경 검문소도 허술하기는 마찬가지였다. 걸어서 국경을 통과해 베트남으로 들어왔다. 하노이까지 쉽지 않은 여정이라는 것은 알고 있었지만, 더욱 험난한 앞날이 기다리고 있는 줄은 모른 채 다시 버스에 몸을 실었다.

말이 통하지 않아도 괜찮아, 베트남

영어 단어 몇 개로 영업을 나서는 택시기사

수년 전 몇 마디 외웠던 베트남어는 기초 단어 하나도 생각나지 않았다. 상대도 영어를 못했으니 전혀 말이 통하지 않은 상태에서 종이에 글과 숫자를 써가며 겨우 하노이행 버스 시간을 알아냈다. 거리상으로 6~7시간이면 충분할 텐데 오후 6시에 출발해 아침 5시에 도착 예정이라 했다. 정확한 사정을 알 수 없으니 그들이 적어주는 시간을 믿을 수밖에 없다.

터미널 주차장에 붙어 있는 식당에서 국수로 저녁을 때

우고 물도 준비해서 버스에 올랐다. 승객은 우리 외에 두 사람이 더 있을 뿐이었다. 수년 전 중국 여행을 떠올리며 운행 거부를 하면 어쩌나 걱정했는데, 중간 정류장에서 손님이 타기 시작하더니 이내 28명으로 늘어났다.

그런데 새벽 2시가 되어 허허벌판 도로 한가운데 정차하더니 기사가 '하노이! 하노이!' 하고 소리치면서 내쫓는 시늉을 했다. 하노이로 갈 승객은 이곳에서 내려야 한다는 뜻이었다. 다른 승객 둘이 아무 말 없이 내리자 우리도 얼결에 따라 내렸다. 그러자 기사는 아무런 설명 없이 버스를 몰고 떠나버렸다. 가끔 지나가는 차량의 불빛 외에는 암흑천지였다.

겨우 3대밖에 없는 택시 중 한 대는 우리와 함께 버스에서 내린 승객들이 타고 떠났다. 우리 둘만 남게 되자 젊은 친구가 다가와 한마디 건넸다.

"아이 캔 스피크 잉글리시."

영어를 듣고는 반가운 마음에 요금 흥정을 하고 택시에 올라탔다. 그런데 이 친구의 영어 실력이란 '예스', '노' 외에 숫자를 아는 정도였다. '센터(center)'와 '시티(city)'도 알아듣지 못했으니, 손짓 발짓을 해가며 온몸으로 대화할 수밖에 없었다.

우리는 영어 단어를 수백 개나 알고 있으면서도 완벽한 문장을 구사해야 한다는 강박 의식에 갇혀 제대로 의사소통을 하지 못하곤 한다. 말이란 의사소통을 위한 수단이다. 문법에 맞지 않더라도 상대가 알아듣기만 하면 된다. 영어 단어 30개도 모르는 택시기사도 당당하게 영업을 하는데, 수백 단어를 알고 있으면서도 침묵하는 것은 지나친 겸양이다.

택시기사는 '빅 레이크(big lake)'를 알아듣지는 못했지만 하노이 중심가인 호안키엠 호수 부근에 내려줬다.

하노이는 크고 작은 호수가 많아 '호수의 도시'로 불린다. 그중 호안키엠은 하노이의 대표적인 호수로 시민들에게 사랑받는 곳이다. 하노이 최고의 번화가가 호숫가 주변에 조성되어 있고, 박물관을 비롯한 명소들이 많아 관광객들이 많이 찾는다.

몽족 마을에서의 하루

해발 1650미터 고지에 자리 잡은 사파에는 다양한 부족들이 거주하고 있다. 일명 '소수민족의 도시'로 그들의 전통문화를 보기 위해 관광객들이 몰려드는 곳이다.

사파에는 12개 부족이 산다고 하는데, 마침 길목에서 만난 몽족 부인을 따라 몽족 마을에서 하룻밤을 묵고 트레킹을 하기로 했다. 큰 가방은 마을까지 오토바이로 나르고, 우리는 마오 부인과 동행하기로 했다.

산을 오르고 또 올라가서야 몽족 마을이 나타났다. 계단식 논을 비롯한 주위 경관을 기대했건만 짙은 안개 탓에 아무것도 보이지 않았다.

저녁 무렵이 되자 마오 부인이 캐나다 아가씨 둘을 데리고 왔다. 우리는 함께 저녁을 먹고, 담근 술을 마시며 노래도 부르고, 여행 경험담을 나누기도 했다. 몇 단어밖에 모르는데도 당당하게 영어로 대화를 시도했던 택시기사에게 자극을 받았는지, 아내도 조금씩 외국어에 대한 부담이 줄어드는 것 같다.

마을로 들어올 때는 트레킹 코스로 4시간 걸렸지만 돌아갈 때는 한참을 내려가 큰길에서 오토바이를 타야 했다. 뒷자리에 앉아 30분을 달리니 사파에 도착했다. 잠시 짐을 맡겨두고 시장으로 가보니 사람들이 북적거리던 노천 광장의 모습은 온데간데없고 시장은 외딴곳에 새로이 지은 건물로 옮겼다. 사파를 찾는 이유는 소수민족 특유의 정서를 느끼기 위함인데, 그 모든 것을 잃어버린 듯해 안타까운 마음이 들었다. 베트남 특유의 정서가 점점 사라지는 것을 느끼고 허전한 마음으로 다음 여행지를 찾아 길을 떠났다.

5장

Nice

다름과 모름 사이, 아메리카

Travel

지구를 느끼는 순간,
미국

물개들이 한가로이 노니는 몬터레이

몬터레이는 로스앤젤레스에서 북쪽으로 해안선을 따라 샌프란시스코로 가기 전에 있는 도시다. 우리 세대에게는 몬터레이 하면 존 스타인벡이 떠오른다. 그가 태어난 살리나스가 몬터레이카운티 내에 있기 때문이다. 살리나스에는 그의 생가와 그에 관한 전시물을 볼 수 있는 내셔널 스타인벡 센터가 있다. 존 스타인벡을 잘 모르겠다면 제임스 딘 주연의 영화 〈에덴의 동쪽〉이 더 쉬울 것이다. 이 작품의 원작자이고, 《분노의 포도》로 노벨 문학상을 수상한 미국의 대표적인 작가이다.

몬터레이의 북적이는 옛 거리를 지나 해안으로 나가보니, 물개 떼들이 사람들이 다가가는데도 아랑곳하지 않고 한가로이 쉬고 있었다. 며칠 전 금문교가 내려다보이는 언덕 위에서 까마득하게 점으로 보이던 물개 떼들이었다.

한때 어업이 성행하면서 통조림 공장이 있었던 곳인데 어업이 퇴조하면서 지금은 공장 건물들을 상가로 개조하고 큰 수족관을 만들어 관광객들을 끌어들이고 있다.

동물원에서나 겨우 볼 수 있는 물개들이 아니던가. 이곳 바다에서는 관광객들이 득시글거리는데도 물개 떼들이 무리 지어 해안으로 몰려와서 늘어지게 잠을 자고 있으니 그저 신기할 따름이다. 둘러보니 미국 서부 명문인 스탠퍼드 대학교의 해양생물학 연구소도 있었다.

해변에서 사람들과 어울리는 물개 떼들을 보니 과거 우리나라에도 물개들이 많이 살았던 기억이 떠올랐다. 무자비한 남획으로 더 이상 우리나라의 바닷가에서 볼 수 없다는 사실이 대비되어 마음이 무거워진다. 학계와 연계해서 환경 보존을 위해 노력하는 것이나 이를 지지하는 국민 의식을 보니 다시 한 번 우리의 환경 의식을 되짚어보게 된다.

LA에서 만난 한·중·일

미국의 근현대사를 보면 한국, 중국, 일본과 떼려야 뗄 수 없는 것이 사실이다. 그런데 뜻하지 않게 로스앤젤레스에서 한·중·일의 역사를 되돌아볼 기회가 있었다.

짧은 일정 중에 친구의 안내로 일본계 미국인 국립박물관(JANM, Japanese American National Museum)에 들렀다. '일본계 미국인 박물관'으로 번역할 수 있겠다. 전시장 입구부터 1942년 루즈벨트 대통령이 불법으로 일본 이주민을 강제 수용한 이야기가 등장한다. 당시 강제수용소에서 가져온 시설의 일부를 전시해 두기도 했다.

제2차 세계대전 당시 일본은 제국주의 확장의 걸림돌을 제거하고자 진주만 공습으로 태평양전쟁을 일으켰다. 그로 인해 미국이 국내의 일본인을 격리 수용한 것인데, 원인 제공에 대한 반성은 찾아볼 수 없었다. 이러한 역사의식이라면 더 볼 필요도 없었다.

조금 더 돌아보니 커다란 태극기 옆으로 지프를 타고 지나가는 미군 복장의 동양인 군인의 사진이 눈에 들어왔다. 한국전쟁 당시 일본 이민자 중에 미국인의 신분으로 참전한 군인이 있었던 모양이었다. 말하자면 일본계 미국인이다.

그런데 마치 일본이 한국전쟁을 도운 것처럼 보이도록 전시한 것은 나의 불쾌한 심사 때문만은 아닐 것이다. 의도적으로 그러한 효과를 노린 것이 분명했다.

아시아 전체를 전쟁의 소용돌이에 빠뜨린 장본인들이 되레 피해자, 또는 평화를 지지하는 것처럼 보여주고 있으니 적반하장이 따로 없다. 급기야 3년 동안 수용 시설에서 죽은 사람의 숫자를 나열하고, 1990년에 부시 대통령이 강제 수용에 대해 공식적인 사과를 했다고 알린다. 그들이 자신들로 인해 죽은 사람들의 숫자를 알고나 있는지 궁금할 뿐이다. 아마 모를 것이다. 셀 수도 없으니 말이다.

이어서 '중국계 미국인 박물관' CAM(Chinese American Museum)으로 갔다. 무료입장인 데다 입구에서 가장 먼저 마주하는 문구는 '당신은 어디서 왔는가?'이다. 가치중립적인 질문이 객관적인 시각을 보여주는 듯했다. 중국인 이주의 역사가 시작된 때부터 오늘에 이르기까지 중국 이민 세계의 형성 과정을 보여주고 있다.

여기서 한국 교민 관련 자료를 볼 수 있으리라고 기대하지 않았는데, 1982년 이철수 씨 사건 자료가 전시되어 있었다. 살인 혐의로 잘못 기소된 이철수 씨가 석방되기까지 중국 교민 사회가 함께 노력한 과정을 보여주는 것이다. 필리

핀 교민 사회에 관한 자료도 있었다. 이민의 역사를 보여주며 같은 이민자로서 각국의 교민 사회가 서로 협력하자는 메시지를 느낄 수 있었다.

박물관을 나서면서 접수를 맡고 있는 아주머니에게 중국계냐고 물었더니 멕시코계라고 했다. JANM에 대한 비판적인 이야기를 하자 그녀가 한 권의 책을 보여주었다. 남경대학살을 그린 아이리스 장의 《난징으로 가는 길(The Rape of Nanking)》이었다. 일본 우익들의 갖은 공갈 협박에 시달린 끝에 저자는 안타깝게도 자살로 생을 마감했다.

과거를 바라보는 시각에 따라 내일을 향해 던지는 메시지가 달라진다. 무엇이 올바른 방향일지는 굳이 말하지 않아도 될 것이다. 균형 잡힌 시각을 위해서는 우선 철저한 반성이 뒷받침되어야 한다. 자신들이 잘못한 역사를 철저히 감추면서 왜곡하는 사람들이 세계 평화를 위해 올바른 방향으로 나아갈 리 없다.

지구의 속살, 옐로스톤

어린 시절부터 땅에서 솟구치는 물줄기 사진을 보면서 언젠가 꼭 한번 가보고 싶다고 생각했던 곳. 미국 사람들도 일생에 꼭 한 번 가보고 싶은 곳으로 꼽는 옐로스톤이다. 그랜드캐니언의 세 배가 넘는 규모에 간헐천이 1만 개가 넘는다고 한다. 미국에 살고 있어도 큰맘 먹고 계획을 세우지 않으면 쉽게 가기 어려운 곳이다.

옐로스톤 국립공원을 보겠다고 길을 떠났는데, 운이 안 좋은지 예약한 호텔을 찾을 수가 없었다. 호텔 이름이 바뀐 지 오래라는 것을 알 리 없었던 우리는 자정이 넘어서까지 택시를 타고 그 주변을 맴돌다가 애먼 택시비만 30달러 넘게 허비하고 말았다. 더구나 다음 날 아침에 옐로스톤 투어를 알아보니 아직 시즌 전이어서 토요일 출발하는 것밖에 없다고 했다. 하는 수 없이 렌터카를 빌려서 직접 운전을 했는데, 5시간이면 충분하다 했던 길이 7시간이나 걸렸다. 곧바로 옐로스톤 국립공원으로 가려다 방값이 비싸다는 이야기를 듣고 차를 돌려 남쪽 입구의 잭슨 홀이라는 동네에 머물렀다. 우여곡절 끝에 찾아 들어간 숙소가 '49'er INN'이었다. '인(Inn)'이 붙은 것은 대충 여관 정도로 알고 있는데, 이곳에서는 등급이나 규모와는 상관없는 듯했다. 우선 저렴한 호텔과는 비교할 수 없을 만큼 근사하고 넓은 방에 대형 침대 두 개와 큼직한 소파가 있었다. 주방에는 전자레인지가 있어서 밥을 해먹을 수 있으니 우리 같은 여행객에게는 안

옐로스톤 국립공원의 간헐천

성맞춤이었다.

와이오밍주와 아이다호주, 몬태나주, 세 개 주에 걸쳐 있는 옐로스톤 국립공원은 한마디로 오지여서 접근하기가 쉽지 않다. 협곡과 황야가 펼쳐져 있고, 북미 대륙에서 가장 큰 호수와 나이아가라폭포의 두 배가 넘는 폭포도 있다고 한다.

그중에서 가장 보고 싶었던 것은 뜨거운 물줄기를 뿜어내는 간헐천이다. 40~50미터까지 솟구치는 온천도 있다고 하는데, 그것을 보면 땅속이 부글부글 끓고 있음을 실감하게 된다.

그 밖에도 깊은 계곡과 폭포, 눈 덮인 산에서 내려오는 물이 모여 이루는 넓디넓은 호수, 이를 감싸듯 짙은 녹음으로 뒤덮인 수풀들이 장관을 이룬다.

우리가 보고 있는 지구의 바깥 모습은 지구 속에서 일어나는 활동으로 빚어진 것이다. 부글부글 끓던 마그마가 폭발해서 협곡이 생기고, 땅속에 있는 물이 뿜어 나오는 것이 온천이며, 그 물이 고여 호수를 이룬다. 눈길이 닿는 곳에 인공의 흔적이라고는 찾아볼 수 없는 옐로스톤 국립공원에 서면 지구의 속살을 보는 것 같다. 더 나아가서 우리가 지금 단단하게 딛고 서 있는 땅속이 어떤 모습인지 상상하게 된다.

걱정일랑 테킬라 한 잔에 털어버리고, 멕시코

여행은 이야기를 만드는 것

중국에 머물 때였다. 힘든 여정에 잠시 쉬기로 하고 숙소에서 뒹굴며 텔레비전을 보는데, 출연자의 이야기가 가슴을 탁 쳤다.

한 셰프가 나와 지난주 출연하지 못한 이유를 설명하는 것이었다. 그는 비행기를 타고 날아가서, 차를 갈아타고, 배에 몸을 싣고 바다를 건넌 다음 한참을 걸어서 펭귄이 자주 나타난다는 섬으로 들어갔다. 그런데 두 시간을 기다린 끝에 나타난 것은 작은 펭귄 한 마리였다. 조금 더 기다리니 또 한 마리가 툭 튀어나왔다. 다시 기다리기를 한 시간이 지났지만 더 이상 펭귄이 나타나지 않았다. 결국 그 먼 길을 가서 그가 본 것은 달랑 펭귄 두 마리였다. 그는 너스레를 떨면서 말했다.

"돈 쓰고 시간 쓰고 실컷 고생했는데도 펭귄을 달랑 두 마리밖에 못 봤으니 이번 여행은 완전 실패였죠. 하지만 여행이란 게 다 그런 것 아니겠어요?"

그러더니 마지막에 한마디 덧붙였다.

"펭귄은 겨우 두 마리밖에 못 봤지만, 평생 두고두고 이야기할 거리가 생겼잖아요."

그동안 내가 그토록 많은 여행을 한 이유가 그 한마디에 녹아 있음을 깨닫는 순간이었다. 오랫동안 규정하지 못하고 모호하게 남아 있던 것들이 단번에 정리되는 기분이었다. 결국 우리는 뭔가를 보기 위해 여행하는 것이 아니다. 이야기를 만들기 위해 떠나는 것이다. 아메리카 신대륙 토착민들의 역사를 그대로 간직한 멕시코에는 얼마나 많은 이야기가 기다리고 있을까?

어느새 집을 떠난 지 40여 일째 되는 날 우리는 멕시코로 향했다. 모든 일정을 육로로 소화할 계획이었지만, 만나는 사람마다 불안정한 현지 상황을 이야기하는 탓에 항공편으로 바꾸기로 했다. 그런데 가까운 샌프란시스코에서 가는 것보다 로스앤젤레스에서 직항으로 가는 것이 더 저렴하고 시간을 안배하기도 더 유리했다.

전국의 철도와 버스를 연계하는 암트랙(Amtrak)을 이용해 로스앤젤레스로 가려면 대규모 와인 생산지 나파 밸리를 거쳐야 한다. 차창 밖으로 끝없이 펼쳐진 포도밭. 자세히 보니 포도밭의 모습이 제각각이다. 방금 심은 듯한 어린 묘목부터 제법 자란 것도 있고, 아직 수확이 가능한 가느다란 나무와 수확이 힘든 늙은 나무도 있었다. 뿌리째 뽑혀 재가 될 시든 나무들에 더욱 눈길이 가는 것은 나이 탓인지도 모르겠다.

말린체라는 이름

멕시코에서 가장 먼저 눈에 띄는 단어가 '말린체(Malinche)'였다. 멕시코어를 잘 모르지만 익히 아는 이름이었기 때문이다. 멕시코에서 말린체는 자국 혈통의 다수를 차지하는 메스티소를 최초로 낳은 인물이자 민족을 멸하는 데 혁혁한 공을 세운 배신자의 대명사로도 불린다.

에스파냐가 아메리카 대륙을 실질적으로 지배한 것은

테오티우아칸의 태양의 신전

1519년 2월 에르난 코르테스가 유카탄반도에 상륙했을 때부터였다. 이 젊은 친구는 고작 600여 명의 군대로 배수진을 쳤다. 당시 전초 기지 역할을 하던 쿠바에서 타고 온 배 10척을 몽땅 불살라 전의를 극대화하며 멕시코(아즈텍) 제국을 하나씩 정복해 나갔다.

크게 위협을 느낀 유카탄반도의 부족들은 친선의 뜻으로 여자 20명을 노예로 코르테스에게 바쳤는데, 그중 하나가 말린체이다. 나우아족 추장의 딸이었던 그녀는 당시 군사적 우위에 있던 아즈텍족의 말을 구사하는 덕분에 정복자의 애인이자 통역관이 되었다. 그녀는 코르테스에게 적극 협조하여 아즈텍 제국을 정복하는 데 결정적인 기여를 했다. 그녀는 코르테스와의 사이에서 아들을 낳았는데, 이 마르틴 코르테스가 최초의 스페인과 멕시코의 혼혈인 메스티소이다. 오늘날에는 메스티소의 의미가 유럽인과 아메리카 토착민의 혼혈로 범위가 넓어졌는데, 현재 멕시코 전체 인구의 약 60퍼센트를 차지한다.

멕시코의 막걸리, 풀케

어느 나라든 고유의 술이 있게 마련이다. 프랑스 하면 와인을 떠올리고, 독일은 맥주가 유명하다. 일본을 여행하면 으레 사케를 사오고, 중국 레스토랑에 가면 고량주가 생각난다. 하지만 고유의 술을 넘어 그 나라 자체를 상징하는 술이 있으니 바로 테킬라이다. 테킬라를 빼고 멕시코를 이야기할 수 있을까. 손등에 올린 소금을 핥으면서 죽 들이켜는 독특한 주도(酒道)가 멕시코 사람들의 열정적 이미지와 절묘하게 어우러져 더욱 각인된 것인지도 모르겠다.

테킬라는 얼핏 선인장처럼 생겼지만 사실은 알로에과인

용설란의 수액으로 만든다. 이 용설란 줄기의 한가운데를 잘라내면 하룻밤 사이에 2~3리터의 아구아 미엘(agua miel), 즉 꿀물이라 부르는 단맛의 즙액이 흘러나온다. 이 물을 하룻밤 숙성하면 우리나라의 막걸리와 비슷한 술이 만들어지는데, 이것을 풀케라고 한다.

멕시코에서는 풀케를 다양한 방법으로 마신다. 남쪽 지역에서는 하얀색의 풀케를 그냥 마시고, 다른 첨가물이나 술과 혼합한 것도 있다. 북부 지역에서는 소주처럼 투명하게 증류해서 마시는데, 이것이 테킬라이다.

피라미드가 있는 기원전 고대 도시 테오티우아칸에 다녀온 날 저녁 일행과 함께 마시려고 38도의 테킬라를 샀다. 반 병쯤 따라 마시니 기분이 하늘까지 솟구치는 듯했다. 아침에 유적지로 떠나기 전 날씨 걱정을 했다고 하니 예순의 홀아비 가이드가 한마디 했다.

"날씨 걱정일랑 테킬라 한 잔이면 싹 사라질 겁니다."

멕시코시티에서 한글 예찬

멕시코에서 지하철을 타려면 나름의 운송체계를 익혀야 한다. 우선 표 파는 곳을 알려주는 표시가 어디에도 없으니 알아서 찾아가야 한다. 출입문 양쪽으로 줄을 서서 전철을 기다리는데 플랫폼 밖까지 이어져 있다. 역사 안으로 들어온 전철은 사람들이 미어터지도록 꽉 들어차 있다. 그런데 우리처럼 억지로 밀고 들어가지 않고 조용히 다음 전철을 기다린다. 심지어 우리에게 먼저 타고 가라며 양보하기까지 한다.

다음 역에 대한 표시도 없고, 안내 방송도 없다. 열차 노선표를 찾으려 해도 도무지 눈에 띄지 않는다. 할 수 없이 주위 사람들에게 수없이 물어보면서 겨우 환승할 수 있었다. 나중에 돌아오면서 찬찬히 살펴보니 노선표가 있었는데 미처 알아보지 못했던 것이었다. 노선표라는 것이 한 줄로 큼지막한 그림을 그려놓고 밑에 깨알 같은 글씨로 역 이름이 적혀 있었다.

알고 보니 글씨는 아무 소용이 없었다. 글을 모르는 사람들이 많다 보니 큼지막한 그림으로 역을 표시해 두었던 것이다. 멕시코의 문맹률은 OECD 국가 중 가장 높은 것으로 알려져 있다.

멕시코시티의 국립예술궁전인 팔라시오 데 베야스 아르테스(Palacio de Bellas Artes)역은 미술관 그림, 인류학 박물관이 있는 차풀테펙(Chapultepec)역은 메뚜기 그림, 환승역인

살토 델 아구아(Salto del Agua)역은 분수가 그려져 있다. 노선표보다 더 복잡한 것은 어떻게 할까 상상하니 머릿속이 복잡해졌다.

멕시코의 지하철 노선표를 보니 새삼 세종대왕에게 고마움을 느낀다. 누구나 쉽게 배울 수 있는 글자를 만들어 전 세계에서 문맹률이 가장 낮은 수준이니 말이다. 참고로 한자를 쓰는 중국의 문맹률이 39퍼센트이다. 한글의 위대함은 세계문자올림픽 1위라는 성적으로도 증명된다.

알고 보면 재미있는 이름

한 서점에 들러 멕시코 전국 지도를 사서 비닐 포장지를 뜯고 보니 시내 지도였다. 서점으로 다시 들어가서 바꿔달라고 하니 이미 포장을 뜯었기 때문에 안 된다는 것이었다. 레푸브리카 메히코(전국지도)라고 했는데 왜 시우닷 메히코(수도 지도)를 줬느냐며 옥신각신하던 끝에 겨우 환불을 받았다. 수도 이름에 나라 이름이 들어가니 순간적으로 헷갈릴 수 있었다.

멕시코는 아즈텍어에 속하는 나와틀어에서 따온 지명이 많아서 한 번 듣고는 도저히 외우기가 힘들다. 하지만 그 뜻을 알고 들으면 굉장히 재미있다.

차풀테펙이라는 단어는 공원과 거리, 지하철역에도 붙는데, 해당 지명에는 메뚜기가 그려져 있다. 알고 보니 차풀은 '메뚜기', '테펙'은 산이라는 뜻이다.

'포포카'는 '연기가 난다'는 뜻이다. 에르난 코르테스가 쿠바 총독 벨라스케스에게 미운털이 박혀 본국의 지원이 끊어지고 화약 조달이 어려워지자 유황을 구하려고 만년설이 덮인 산으로 올라갔는데, 그 산에서 화산 연기가 피어오르고 있었다. 그 산의 이름이 바로 포포카테펙, '연기가 피어오르는 산'이다. 설명을 듣고 나면 이름을 외우기가 더 쉽다.

인도네시아 중부의 족자카르타를 지켜주는 성산의 이름은 머리피다. 현지어로 '머르'는 진행형에 쓰이므로 '끓는다'이고 '아피'는 '불'이다. '불이 끓고 있다'는 뜻이니 활화산의 이름으로 제격이다. 그런데 요즘도 가끔 폭발하여 마을을 휩쓸고 피해를 주니 과연 성스러운 산인지는 의문이다.

또 다른 여행의 맛

유카탄반도는 멕시코 땅에서 카리브 해 쪽으로 툭 튀어나와 있다. 이곳을 중심으로 고대 마야 문명이 번성했다고 해서 그 흔적을 찾아 왔다. 이 유카탄반도에 최초로 들어온 서양인이 바로 아즈텍 제국을 정복한 에르난 코르테스이다.

유카탄반도의 북동부에서 카리브 해 쪽으로 자리 잡은 곳이 세계적인 휴양지 칸쿤이다. 이 칸쿤을 거점 삼아 버스를 타고 유카탄반도를 둘러보기로 했는데, 낯선 버스 체계가 우리를 어리둥절하게 했다.

우선 같은 회사, 같은 노선의 차비가 시간대별로 달랐다. 320, 350, 380, 420페소로 다양했는데, 알고 보니 차종에 따라 앞좌석과의 거리가 넓은 것, 중간치, 좁은 것에 따라 가격이 달랐다. 게다가 250페소라던 가격이 잠시 뒤에 268페소로 바뀌기에 이유를 물어보니 중형버스 요금은 통상 420페소인데 새벽 5시 30분에 출발하는 버스는 할인을 해준다는 것이었다.

5시 30분에 출발하는 250페소짜리 버스 네 장을 달라고 하니 이름부터 물어보았다. 이름을 불러주니 자판기를 두드려보고는 250페소짜리는 이미 다 팔리고 268페소만 있다고 했다. 그거라도 달라고 하니 268페소짜리도 두 장밖에 없고 나머지 두 장은 292페소라는 것이었다. 버스표에는 내 이름까지 떡하니 적혀 있었다. 좌석 위치에 따른 것도 아니고, 좌석 전체에 해당하는 것도 아니고, 특정 시간대의 같은 버스를 타고 가는데도 각기 다른 금액을 적용하니 정말 이해할 수 없는 요금 체계였다.

그러니 직원에게 물어볼 때마다 요금이 달라질 수밖에 없다. 직원은 이런 상황이 익숙한지 혼란스러워하는 이방인의 불평 섞인 질문에도 웃으면서 최선을 다해 대답해 주었다. 이 불편하고 헷갈리는 체계 또한 멕시코를 여행하는 또 다른 재미라고 할 수 있을 것이다. 유명한 휴양지의 풍광 못지 않게 오래도록 기억에 남고, 이처럼 이야깃거리가 되니 말이다.

6장

여행의 맛을 제대로 느낀 중앙아메리카

Nice Travel

혁명을 추억하는 쿠바

쿠바의 화폐 유감

칸쿤 공항에서 쿠바의 아바나행 비행기를 타려고 하는데, 쿠바를 떠나는 비행기 표가 없으면 자리를 내줄 수 없다는 것이었다. 하는 수 없이 아바나에서 자메이카로 가는 비행기 표를 구입한 후에야 비행기를 탈 수 있었다. 그런데 정작 쿠바에서는 어느 누구도 그것을 확인하지 않았다.

현지 화폐가 없으니 공항에서 돈부터 찾아야 했다. ATM 기기가 있기는 했지만 작동이 되지 않았다. 당장 써야 할 택시비도 없으니 수수료가 비싸기는 하지만 공항 환전소에 가서 100달러만 바꾸기로 했다. 그런데 국가 정책상 미국 달러는 무조건 평가절하로 공식 환율은 0.97였다. 수수료 10퍼센트를 제하고 나서 지폐로 85원하고 나머지 동전을 건네주었는데, 나중에 보니 쿠바에서는 사용할 수 없는 멕시코 동전이었다. 환전 수수료에 푼돈까지 떼먹은 셈이었다.

쿠바에서는 내국인이 쓰는 화폐 쿱(CUP)과는 별도로 외국인이 쓰는 쿡(CUC)을 따로 발행한다. 내국인용 화폐만 취급하는 상점들이 많아서 외국인은 돈을 쓰고 싶어도 쓸 수 없는 경우가 많다. 내국인용 화폐로는 아주 값싼 물건도 외국인용 화폐로는 비싸게 받으니 바가지요금을 물기 쉽다. 시내버스도 내국인용 화폐만 받으니, 지나가는 사람에게 10센타보짜리 동전 하나를 얻어 네 사람이 버스를 타기도 했다. 외국인용 화폐 1쿡은 내국인용 24쿱에 해당한다. 하지만 공식적으로는 내국인용 화폐로 교환할 수 있는 곳이 없다.

산타클라라의 터미널에서 물 한 병을 사면서 현지 화폐로 지불했다. 그런데 이것을 본 여행객이 다가와 돈 구경을 좀 하자는 것이었다. 그는 앞뒤로 돌려 보면서 어떻게 구했냐고 물었다. 자신은 쿠바에 온 지 3주일이 지났지만 환전하는 데가 없어 아예 포기했다는 것이었다. 숙소 주인에게 부탁해 보라고 귀띔해 주니 고개를 끄덕이며 미소를 지었다.

순박한 쿠바 사람들

아바나 비에하(올드 아바나)는 옛 쿠바의 모습을 간직한 곳이다. 이 구역 전체가 유네스코 세계문화유산에 등재되었을만큼 역사적 가치가 높다. 스페인 식민지 시절 해적의 공격을 막기 위해 세운 요새와 18세기 바로크 양식의 아바나 대성당, 옛 국회의사당인 엘카피톨리오가 이곳에 있다.

오래된 곳일수록 볼거리가 많겠다 싶어서 아바나 비에하로 갔다. 그런데 현지인들도 헷갈릴 만큼 바둑판 거리에 낡고 닮은 건물들이 빽빽이 들어서 있었다. 결국 인터넷에서 본 숙소는 찾지 못하고 택시 기사가 추천하는 곳으로 차를 돌렸다. 그런데 빈방이 있는 숙소가 쉽게 나타나지 않았다. 급기야 택시 기사는 빗속에서 일부러 내려 빈방이 있는지 묻고 다녔다. 그러기를 몇 차례 겨우 방을 구해서 우리를 내려주었는데, 그렇게 고생을 하고도 웃돈을 요구하기는커녕 좋은 여행 되라는 덕담을 남기고 떠났다.

첫 숙소의 주인장도 진심으로 세세하게 챙겨주는 모습이 닳고 닳은 상술과는 거리가 멀었다. 더구나 3쿡(약 4천 원)

짜리 식사는 지난 두 달 동안 맛본 최고의 아침이었다. 숙소에 들어가면 맨 먼저 호텔 명함과 지도부터 챙긴다. 사람들에게 길을 물어볼 때나 택시를 탔을 때 명함이 아주 요긴하게 쓰인다.

한 시민에게 길을 물어봤을 뿐인데, 내국인용 화폐만 받는 시내버스를 이용할 수 있도록 10센타보(약 150원)짜리 동전 하나를 기꺼이 내주었다.

거리에서 무수히 지나치는 사람들이 건네는 인사를 받느라 걸을 수도 없을 지경이었다. 나 역시 부지런히 인사를 준비해야 했다. 공항에서의 불편함이나 외국인에게 불리한 화폐 시스템으로 좋지 않은 인상을 받은 것은 사실이지만, 그것은 제도상 어쩔 수 없는 부분이었다. 하지만 우리를 대하는 사람들의 태도만큼은 그 모든 불편함을 상쇄하고도 남았다.

클래식 카를 타고 아바나 거리를

언젠가 쿠바에서는 오래된 모델의 자동차, 즉 올드카의 퍼레이드를 공짜로 볼 수 있다는 이야기를 들은 적이 있다. 그때는 무심코 지나쳤는데 과연 아바나 공항부터 올드카 전시장을 방불케 했다. 1940년부터 1950년대 초에 나온 오픈카 모델도 쉽게 볼 수 있는데, 이것들은 모두 관광객용이다. 요금이 제멋대로이기는 하지만 노란 택시보다 5~10쿡을 더 주면 타볼 수 있다.

우리는 1시간에 30쿡으로 흥정을 하고 분홍색 오픈카로 시내를 둘러보기로 했다. 페탈루마의 자동차 쇼에서나 봄직한 오래된 차들이 여기서는 요긴하게 쓰이고 있었다.

쿠바는 아메리카 대륙 최초의 공산주의 국가로 소련과 국교를 맺자마자 미국과 단교한 나라이다. 미국의 경제적 봉쇄와 쿠바 정부를 무너뜨리려는 시도 속에서 그 어떤 나라보다 반미 정서가 강력하게 뿌리내린 곳이다. 그러한 역사를 생각하면 쿠바에서 미국의 올드카가 돌아다니는 것이 조금 의아하게 느껴진다. 하지만 이것들은 미국과의 관계가 원만하던 시절의 유물이라고 할 수 있다.

기사에게 은근슬쩍 미국과의 관계에 대해 물어보니 뜻밖에도 그것은 정부의 사정이지 자신들은 관심이 없다고 했다. 주요 길목마다 내걸린 '영원한 혁명'이니 '대장님 명령만 내리소서'와 같은 혁명 구호는 누구를 향한 것인지 알 수 없게 된 것이다. 혁명도 이제 유물이 되어가는 것일까.

체 게바라의 도시

에스파냐의 식민지였던 쿠바는 1902년 독립을 하기는 했지만 실질적으로는 미국의 지배하에 있었다. 미국의 비호하에 있는 독재 정권의 부패가 극에 달하면서 민중들의 삶은 더욱 피폐해졌다. 이에 피델 카스트로와 체 게바라가 손을 잡고 독재 정권을 무너뜨린 것이 쿠바 혁명이다. 그 혁명의 주역인 피델 카스트로가 미국과는 대치되는 공산주의 이념 아래 불과 4년 전까지 49년 동안 나라를 통치했으니 쿠바를 혁명의 나라라고 부를 만하다. '피델(Fidel)'이 '충실', '충성'을 뜻하니 지도자의 이름으로 절묘하다. 체 게바라는 스스로 자신의 이름 앞에 '체'를 붙였다. '체'는 스페인 말로 친한 사이에 '어이!' 또는 '야!' 정도의 뜻으로 쓰인다. 이 '체'를 이름에 붙였으니 그만큼 동료들과의 사랑의 마음을 담았다고 볼 수가 있겠다.

체 게바라는 혁명 이후 쿠바 정권의 기초를 다졌지만, 마지막에는 모든 공직에서 물러나고 라틴아메리카 전체를 위한 혁명에 투신하다가 볼리비아에서 생포되어 총살에 처해졌다. 자신이 그리는 이상 세계를 만들고자 했던 체 게바라의 열정은 카스트로를 훨씬 능가하는 것이었다. 쿠바에서는 지금도 여전히 그를 추억하고 있는 듯 상점가나 음식점에서도 긴 머리칼에 검은 베레모를 쓴 모습을 쉽게 찾아볼 수 있다.

카스트로는 볼리비아의 공동묘지에 묻혀 있던 체 게바라의 유해를 모셔와 카스트로와 함께 혁명 성공의 발판이 된 옛 전쟁터인 산타클라라 시에 묻어주고 기념관을 세워주었다. 기념관은 입구부터 사진 촬영을 금지하고, 작은 손가방이나 여성용 핸드백도 가지고 들어갈 수 없다. 체 게바라의 어릴 적 사진부터 일생을 담은 사진, 말년의 일기장과 주요 인사들과 나눈 편지, 그가 사용한 총기류가 전시되어 있다. 1960년에 찍은 부인의 사진을 보고 안내원에게 체의 슬하에 자녀가 있냐고 물어보니 다섯 자녀 중 하나는 죽고 나머지 넷은 아바나에 살고 있다고 했다.

쿠바의 길거리에서 흔히 마주치는 체 게바라

문을 잠그는 나라,
자메이카

알 수 없는 블루 마운틴

쿠바 남쪽에 있는 자메이카의 수도 킹스턴에 들어온 첫 날, 호텔 직원에게 가장 볼 만한 곳이 어디냐고 물었더니 첫 번째로 나온 것이 우리에게는 세계 3대 커피로 유명한 블루 마운틴이었다. 그런데 교통편을 물어봐도 제대로 대답해 주는 사람이 없었다.

우선 자메이카에서는 관광 안내 책자나 지도를 구하기가 매우 어렵다. 공항이나 호텔의 데스크 또는 터미널에서도 지도를 찾아볼 수 없다. 드물게 자료를 얻었다 하더라도 지극히 단편적이고 제한적이어서 실제로 활용하기에는 무리가 있다. 스마트폰 지도 앱도 유용하지만 인터넷을 사용할 수 없는 곳에서는 종이 지도가 반드시 있어야 한다. 그래서 호텔에 갔을 때 지도를 꼭 챙겨야 한다.

블루 마운틴을 어떻게 가는지 몰라 물어보고 얻은 대답은 '시내에서 블루 마운틴으로 가는 공공버스는 없으니 택시를 타고 가라'는 것이었다.

현지 경찰에게 블루 마운틴이 할리웰 국립공원에 속한다는 얘기를 듣고 큰길로 나와 택시 기사에게 할리웰 국립공원까지 얼마냐고 물었다. 그러자 어떤 기사는 3천 달러, 또 다른 기사는 4천 달러를 요구했다. 6킬로미터 떨어진 공항까지도 3천 달러인데 30킬로미터 거리가 그것밖에 하지 않을 리 없었다.

결국 모호한 교통편과 택시 요금, 그리고 시간상으로도 맞지 않아 블루 마운틴은 다음 기회로 미뤄야 했다. 보아하니 자메이카의 경찰들은 자기들이 관할하는 구역 외에는 어떤 지식이나 정보도 가지고 있지 않은 듯했다.

철창 사이로 주고받는 거래

그곳은 얼마나 안전한가? 여행객들이 기본적으로 관심을 가지는 문제이다. 자신의 신상과 직접적으로 관련되기 때문이다. 그렇다면 그 나라의 안전성을 알아볼 수 있는 척도는 무엇일까?

가장 쉽게 판단할 수 있는 방법이 문단속이다. 자메이카는 짜증스러울 정도로 출입문을 잠근다. 호텔 수영장 문도 잠가두고, 새벽에 산책을 나갈라치면 잠긴 철문을 맞닥뜨려야 한다.

손님들은 상점에 들어오면 철창 너머로 진열된 상품을 구경한다. 만져볼 수가 없는 것이다. 주문을 하고 돈을 지불하면 점원이 철책 사이에 만들어둔 구멍으로 물건을 내준다.

대형 슈퍼마켓이나 아주 작은 점포를 제외하고는 거의 모든 상점이 그런 방식으로 물건을 판다. 킹스턴을 떠나기 전날 물 네 병을 사면서도 철창 너머로 주문하고 돈을 지불한 다음 철창 구멍 사이로 물병을 받았다.

숙소도 사정은 비슷하다. 철대문은 언제나 굳게 닫혀 있고, 좁은 구멍 사이로 확인한 다음 문을 열어준다. 출차 허가중이 없으면 자동차 출입도 마음대로 할 수 없다.

이런 상황을 보면 이 사회에 불신 풍조가 얼마나 팽배한지 미뤄 짐작할 수 있다. 어서 빨리 이 섬나라에도 진정한 평화가 깃들고 서로 믿는 사회가 되어 편안히 문을 열어두고 살 수 있기를 기원한다.

자메이카의 영어 실력

호텔 카운터에서 정산을 하는데 도무지 알아들을 수 없는 말을 한다. '온젯! 온젯!'이라고 하는 것 같은데 무슨 뜻인지 알 수가 없다. 시장이나 길거리의 상점에서도 '온제! 온제!'라고 외친다.

한 상인에게 무슨 뜻이냐고 물었더니 100달러짜리 지폐를 쥐고 흔들면서 '온제드! 온제드!'라고 한다. '원 헌드레드 달러'를 말하는 것이냐고 다시 물었더니 웃으며 '맞다'고 한다. '원'은 빼먹고 '헌드레드'만 자기네 식으로 발음한 것이다.

자메이카의 영어는 기본적으로 영국식 영어에 흑인 특유의 어조와 인도식 발음, 스페인의 영향까지 뒤섞여 도무지 알아듣기가 힘들다.

'어바웃(about)'도 '아봇'으로 들린다. 영국식 발음도 아니고 미국식의 혀 굴리는 소리도 아니니 매번 한 마디씩 천천히 발음해 달라고 부탁해야 했다. 자메이카에 오니 영어 실력이 '백'도 모르는 수준으로 강등되어 버린 것이다. 일주일쯤 지나자 겨우 귀가 트이면서 알아들을 만하니 이 나라를 떠나야 한다.

애달픈 섬,
도미니카·아이티

자동차 번호판이 없는 나라, 도미니카

도미니카공화국에 오기 전까지는 이 세상의 모든 차들이 앞뒤 양쪽에 번호판을 달고 다닌다고 생각했다. 그런데 이곳의 차들은 앞 번호판이 없다. 아무리 좋은 차도 오래 쓰다 보면 낡고 해지게 마련이다. 색이 바래거나 칠이 벗겨지고, 긁히거나 범퍼가 깨진 채로 달리는 자동차도 있다. 하지만 흉물로 보이는 자동차가 굴러다니는 것을 본 적은 없다.

도미니카에는 온통 긁히고 찌그러지고 떨어져 나간 차들이 버젓이 도로를 굴러다닌다. 심지어 택시도 그런 차들이다. 이 나라에 비하면 자메이카는 새 차가 많은 편이다. 자메이카는 훼손된 부분을 고쳐서 타고 다니는 데 비해 도미니카는 전조등이나 유리창이 깨지고 심지어 문짝이 없는 채로도 몰고 다닌다. 유리창 대신 비닐로 덮은 차도 있고, 앞뒤 펜더 없이 굴러다니는 차도 있다.

자동차 앞 번호판이 없다는 것은 다른 문화적 차이를 넘어서서 공포감을 준다. 다 찌그러지고 전조등도 없이 앞으로 돌진해 오는 자동차를 편하게 보기는 어렵다.

도미니카 서민들의 삶은 몹시 팍팍해 보인다. 자동차 외관도 그렇고, 도심지를 걷다 보면 구두닦이도 쉽게 눈에 띈다. 나무통에 구두약 두어 개, 헝겊 두 조각이 장사 밑천의 전부다. 우리와 다른 점이라면 운동화까지 정성스럽게 먼지를 털고 닦아준다는 것이었다.

주요 관광지에서 구걸하는 걸인들도 수시로 눈에 띄는데 그냥 손만 벌릴 뿐 매달리는 사람은 없다. 전화기를 호주머니에 집어넣고 다니라는 충고도 많이 듣는다. 날치기가 많으니 조심하라는 뜻이다.

길을 묻거나 지도를 보고 있을 때 옆에 나란히 서는 사람을 조심하라는 이야기도 있다. 다른 데 신경 쓰는 사이 소매치기를 당할 수 있다는 것이다.

조금 궁핍하더라도 바르게 살아가는 사람들이 많겠지만, 아무래도 가난은 범죄를 부르기 쉽다. 나라의 오랜 궁핍이 국민들에게 범죄를 부추기고 있을지도 모른다고 생각하니 안타까울 뿐이었다.

그래도 희망적인 아이티

로마자로 'Haiti'라 쓰고, 영어로 '하이티', 스페인어로 '아이티', 프랑스어로 'Yaiti'로 쓰고 아이티로 읽는, 카리브 해 히스파니올라섬의 서부를 차지하고 있는 나라.

우리에게는 사상 최악의 대지진이 먼저 떠오르는 아이티는 세계에서 가장 가난한 나라이다. 치안도 좋지 않고, 접근하기도 쉽지 않은 데다 교통도 불편한 나라에 굳이 왜 가느냐고 묻는 사람들이 많았다. 여느 나라를 여행할 때와는 달리 거대한 유적, 어마어마한 폭포, 빙하, 대평원과 같은 볼거리보다는 독특한 역사에 이끌려 아이티에 오게 되었다.

스페인과 각축전을 벌인 끝에 히스파니올라 섬 서쪽 지역을 지배하게 된 프랑스는 큰 소득원이었던 사탕수수 재배를 위해 아프리카에서 흑인들을 끌고 와 노예로 부렸다.

흑인 노예들은 폭동과 반란을 거치면서 점점 막강한 부

대를 형성했고, 마침내 서구 열강과의 전투에서 크게 승리함으로써 흑인공화국을 선포하고 독립을 쟁취했다. 수백 년간 서구의 지배를 받아온 신대륙에서 최초로 독립한 나라가 바로 아이티다. 하지만 남미 대륙 전체가 독립을 열망하고 있던 시기인데도 아무도 아이티의 독립운동을 반기지 않았다. 그 이유가 무엇일까?

바로 독립의 주체가 흑인 노예였기 때문이다. 백인 우월주의 세계에서, 그것도 자신들이 노예로 부리던 흑인들이 공화국을 출범시켰다는 사실을 받아들일 수 없었던 것이다.

이후로도 아이티는 독재와 미국의 지배, 내분을 겪으면서 아직도 정치가 안정되지 않고 있다. 더구나 가난한 나라에 대지진이 덮치면서 수도가 초토화되었는데도 정치 지도자들은 세계 각국에서 보내온 지원금과 구호물자를 빼돌리기에 급급했다.

하지만 방금 도착한 터미널에서 헤매고 있는 우리 일행을 기꺼이 자동차에 태워 호텔까지 데려다준 아주머니를 보면서 이 나라의 사정처럼 국민들의 정서가 팍팍하지는 않음을 느꼈다.

포르토프랭스 거리 산책

세계에서 가장 가난한 나라이지만 호텔은 예외였다. 음식도 풍족하고 깨끗한 물도 마음껏 쓸 수 있었다. 정원의 푸른 나무들도 손질이 잘되어 있고 깨끗한 식당에서는 잔잔한 음악이 흘렀다.

호텔은 항상 대형 철문을 닫아두고 경비원이 지키고 서 있다가 손님이 오면 문을 열어주었다. 리셉션이 있는 정문에는 짧은 엽총을 든 경비원이 지키고 서 있는데, 호텔 정문이란 곳이 얼핏 보면 마치 뒷골목 구멍가게 출입문 같다. 호텔을 이동할 때 빠뜨리는 물품 1위는 콘센트에 꽂아둔 충전기이다. 책이나 상비약통, 칼, 세면도구, 샤워 타월 등을 두고 나온 적도 있다. 스페인에서 몇 달간 적은 일기장을 두고 온 바람에 별도의 운반비를 지불하고 되찾은 적도 있다. 그런데 남미에서는 되찾을 길이 없으니 조심할 수밖에 없다.

거리로 나가면 매사 더 조심해야 했다. 특히 휴대전화에 각별히 신경 써야 한다. 호텔 앞 광장에는 허술한 포장마차식 기념품 가게가 있지만 모두 조잡한 물건들뿐이었다.

거리에는 재봉틀 한 대를 놓고 바느질하는 사람, 압착기로 단추 구멍을 만들어주는 장사도 있었다. 당연히 구두닦이도 있고, 가방 하나에 다 들어갈 만큼 적은 양의 과자를 펼쳐놓은 사람, 땅바닥에 낡은 보자기 한 장을 펴고 조잡한 물건 몇 개 늘어놓은 아주머니도 있었다. 그러나 하나같이 돈이 될 것 같지는 않았다.

우리나라에서는 사라진 지 오래인 숯장수도 볼 수 있었다. 통이나 바구니에 숯을 담아서 팔고 있었는데, 작은 나무나 막대기, 판자 조각을 태운 부스러기뿐이었다. 물통을 머리에 이거나 들고 파는 물장수도 보였다. 길바닥에 흐르는 구정물을 큰 통에 퍼 담는 사람도 있었다.

사진관 간판이 붙은 작은 방은 단색으로 칠한 벽면에 탁자 하나뿐이었다. 방 앞에는 주인인 듯한 사내가 의자에 걸터앉아 손님을 기다리고 있었다. 두 소녀의 양어깨에 매달린 것은 운동화 10여 켤레. 얼핏 새 신발 같았지만 가까이서 보니 바닥이 모두 닳아 있었다.

이것이 아이티의 수도 포르토프랭스의 모습이다. 거리마다 산처럼 쌓여 있는 쓰레기 더미는 큰 비를 맞으면 저지대와 바다로 쓸려 갈 것이다. 모퉁이에서 과일 장수가 버린 과일 껍질 상자를 뒤적거리는 사람이나 그 모습을 무심히 바라보며 과일을 깎고 있는 사람이나 애달프기는 마찬가지였다.

대단한 무언가를 보려고 이 나라에 온 것은 아니었다. 한때 누구보다 저항정신이 강했던 나라에 와보고 싶었을 뿐이다. 그 시대에 비할 바는 아니지만 여전히 고달픈 삶에서 벗어나지 못하는 이 나라 사람들의 모습은 오래도록 잊혀지지 않을 것이다.

풍요로움의 의미,
파나마·코스타리카

태평양과 대서양을 잇는 물길

멕시코를 떠난 이후로는 나라를 옮길 때마다 파나마시티를 경유했는데, 정식으로 입국한 것은 처음이었다.

토쿠멘 공항에서 구시가지의 중심까지는 20킬로미터쯤 되는 듯했다. 고속도로도 잘 정비되어 있고, 멀리 보이는 도시의 모습을 봐도 카리브 해의 다른 섬나라보다는 살림살이가 훨씬 여유 있는 듯했다.

남아메리카와 북아메리카를 잇는 좁은 땅덩어리 파나마 지협을 파내고 태평양과 대서양을 이은 것이 파나마운하이다. 처음에는 이집트의 수에즈운하를 건설했던 프랑스가 시작했다가 나중에 미국이 공사권을 사들여서 완성하고, 85년 동안 독점 관리하다 파나마에 넘겨주었다.

파나마시티에서 가까운 미라플로레스 갑문의 전망대에 오르면 파나마운하를 내려다볼 수 있다. 사람들로 붐비는 전망대에 서니 배들이 백 년 전에 만든 운하를 통과하는 모습이 보였다.

전망대가 있는 건물에는 운하의 역사를 보여주는 영화 상영관과 기념관이 있다. 운하가 건설되는 과정을 모형으로 만들어 전시해 두었고, 대형 선박의 운항실 모형과 모니터를 통해 실제 배를 몰아보는 듯한 기분을 느낄 수도 있다.

코스타리카의 별난 환전

장기간 여러 나라를 여행할 때 가장 신경 쓰이는 것이 환전이다. 나라마다 통용되는 화폐가 다르니, 입국하면 맨 먼저 환전부터 하게 된다. 여행하다 보면 돈이 모자라서도 곤란하지만, 무턱대고 많이 환전하면 손해를 보기 쉬우니 신중해야 한다. 어느 나라를 가든 환전 수수료가 가장 비싼 곳이 공항이다. 그래서 우리는 대부분 현지 은행을 이용한다.

코스타리카의 화폐 단위는 콜로네스로, 우리나라 화폐 가치의 절반 정도라고 보면 된다. 이곳에서도 달러가 통용되기는 하지만 아무래도 현지 화폐를 쓰는 것이 더 유리하다.

가까운 은행으로 가서 입구에 앉아 있는 직원에게 환전하러 왔다고 하니 번호표를 주면서 안으로 들어가라고 했다. 내부는 두 구역으로 나뉘어 있었다. 한쪽은 ATM과 같은 전자 업무를 보는 구역이고, 안쪽에는 벽면을 따라 일련번호를 매긴 모니터와 전화기가 달려 있었다. 앞쪽은 손님들이 대기하는 곳으로 나란히 의자가 놓여 있었다. 천장에 매달린 전광판에는 대기 번호와 더불어 모니터 번호가 떴다. 대기번호 앞에는 A, B, J 등 알파벳이 붙어 있었는데, 업무 유형에 따라 구분한 것인 듯했다.

한참 뒤 우리 번호가 뜨기에 해당 모니터 앞에 서니 화면에 여직원이 나타나 옆에 있는 전화기를 들라는 손짓을 했다. 화면을 보면서 통화를 하는 것이었다.

"무슨 일로 왔습니까?"

"환전하러 왔습니다."

"내국인이십니까?"

"아니요. 여행객입니다."

"여권을 보여주시겠습니까?"

여권을 꺼내 모니터를 향해 보여주었다. 그러자 옆에 있는 병을 꺼내라고 했다. 무슨 말인지 몰라 어리둥절해하고 있으니 손가락으로 옆을 자꾸만 가리켰다. 모니터 옆을 보니 작은 유리창이 달린 상자 속에 투명 보온병처럼 생긴 물건이 하나 들어 있었다. 병을 꺼내자 전화기를 통해 여직원의 지시가 계속되었다.

"뚜껑을 열어주십시오."

윗부분을 잡아당기자 뚜껑이 열렸다.

"그 속에 여권을 넣어주십시오."

"여권이 잘 들어가지 않습니다."

"살짝 구겨서 넣으면 됩니다."

"여권을 어떻게 구깁니까?"

"조금 굽히는 정도는 괜찮으니, 넣어주십시오."

할 수 없이 여권을 살짝 구겨 억지로 병 속에 집어넣었다.

"병을 다시 상자 속에 넣어주세요."

지시대로 하자 유리문이 닫히더니 병이 위로 사라졌다. 그러고는 어느새 모니터에 나타난 직원의 손에 병이 들려 있었다. 직원은 여권을 꺼내서 살펴본 다음 다시 병을 내려보냈다. 그리고 환전할 돈을 넣으라고 했다. 다시 병을 꺼내 돈을 집어넣고 상자 속에 넣자 곧 사라지더니 모니터의 직원 손에 들어가 있었다. 이제는 서류에 내용을 기입하고 표시한 부분에 서명을 한 다음 병 속에 넣으라고 했다. 모니터의 직원은 계속 웃으며 업무를 진행했다.

"소액권으로 드릴까요?"

"당장 써야 하니 소액권으로 주세요."

모니터의 직원은 지폐와 동전을 병 속에 넣고 유리 상자로 내려 보냈다. 병 밑바닥에 깔린 동전이 잘 나오지 않는다고 하자, 모니터의 직원은 병을 뒤집어서 반대쪽을 열어보라고 했다.

환전을 하고 뒤돌아서니 대기실에 앉아 있던 많은 사람들이 나를 쳐다보며 웃고 있었다. 가까이 앉은 청년들에게 처음 보는 시스템이라 신기하다고 하자, 자기들도 이런 시스템은 처음 봤다며 재미있어했다.

이처럼 복잡한 시스템이 필요한 이유는 자명하다. 중미 다른 나라들과 마찬가지로 이곳도 치안이 불안하기 때문이다. 하물며 상점에서도 철창살을 사이에 두고 물건과 돈을 주고받는 곳이다. 어느 나라든 은행의 보안과 경비는 철저하기 마련이다. 그런데, 수많은 나라의 은행들을 이용해 봤지만, 이처럼 별난 환전은 처음 경험해 보는 것이었다.

산호세의 맛

파나마 국경 지대에서 버스를 타고 출발해 7시간을 달려 코스타리카의 수도 산호세에 도착하니 제법 굵은 빗줄기가 내렸다. 숙소에 짐을 풀고 주인에게 산호세의 전통 먹거리를 맛볼 수 있는 곳이 어디냐고 물으니 중앙시장(메르카도 센트럴)을 알려주었다. 그곳 식당에 가면 산호세의 맛을 제대로 느낄 수 있다는 것이었다.

시장 자체도 사람들로 붐볐지만 이름난 식당은 그야말로 사람들이 꽉 들어차 있었었다. 11시가 조금 지났을 뿐인데 사람들은 통로를 가득 메우며 자리가 나기를 기다리고 있었다. 한참 기다려서야 겨우 자리를 잡고 앉았는데, 어떤 음식을 시켜야 할지 몰랐다. 그래서 사람들이 가장 많이 먹는 탈라핀토(Tala Pinto)와 오렌지 주스를 주문했다.

탈라핀토는 커다란 바나나 잎 위에 달걀을 풀어서 빈대떡처럼 구운 넓적한 토르티야를 깔고 붉은 팥을 섞은 볶음밥을 듬뿍 올린 다음 그 위에 살치촌을 두 조각 얹고 마지막에 토르티야 한 장을 더 올려서 가져왔다.

어떻게 먹는지 몰라 포크로 쿡쿡 찍어 입으로 가져가는데, 옆에 앉은 아주머니가 다가와 먹는 방법을 알려주었다.

먼저 토르티야 위에 마요네즈와 비슷한 라리사나 소스를 둥글게 뿌린 다음 팥밥을 얹고 그 위에 살치촌과 약간 매운 칠레를 올려 한입에 베어 먹는다고 했다.

독특한 맛을 어떻게 표현해야 할지는 모르겠지만 우리 입맛에 잘 맞다. 조금 있으니 먹는 방법을 가르쳐주었던 아주머니가 자신의 음식 그릇을 가져와 귀퉁이를 조금 베어내 우리 접시에 담아주면서 맛보라고 했다. 이 지방 사람들이 즐겨 먹는 전통 음식인 타말(Tamal)이었다.

타말은 곱게 간 쌀가루와 옥수숫가루, 사나오리아를 섞은 반죽 속에 돼지고기를 넣고 바나나 잎에 싸서 쪄낸 것이다. 덕분에 새로운 음식을 맛보았는데, 그 아주머니는 타말을 제대로 맛보아야 한다며 새로 주문해서 우리에게 선물로 주었다.

나중에라도 고마운 마음을 갚을 수 있을까 싶어서 아주머니의 이름과 전화번호를 적고 작별 인사를 나누었다.

철도는 일요일에 쉰다?

여행을 하다 보면 현지에 맞는 다양한 교통수단을 이용하게 된다. 나라 간 이동은 주로 비행기를 이용하고, 섬으로 들어갈 때는 배를 탄다. 택시, 승용차, 버스, 기차 등 나라마다 발달한 대중교통 수단이 있게 마련이다.

장거리 버스를 타고 산호세로 가는 길에 기차가 지나가는 것이 보였다. 한번 타보면 어떨까 하고 옆자리에 앉은 사람에게 물어보니 시큰둥한 반응이었다. 자주 운행하지 않으니 시간을 맞추기도 어렵고 노선도 단순하고 짧아서 활용가치가 떨어진다는 것이었다.

그러다 산호세에서 20킬로미터쯤 떨어진 소도시 카르타고에서 구경을 하고 터미널을 찾아가는 길에 기차역이 보였다. 분명 역사와 플랫폼이 있고 기차와 매표창구도 보이는데, 사방으로 철책이 둘러쳐 있었다. 경찰에게 기차를 타려면 어떻게 해야 하느냐고 물어보니 기차가 다니지 않는다고 했다. 그럴 리가 있나? 하는 생각에 기차를 10여 미터 앞에 두고 있는 상점 직원에게 물어보니 이번에는 조금 있으면 기차가 출발할 거라고 했다. 이 대답도 이상해 옆집의 복권 파는 아저씨에게 다시 물었더니 똑 부러진 대답이 나왔다. 예전에는 화물을 실어 나르다가 지금은 승객들을 태우는데 이용객이 적어서 평일에만 산호세까지 몇 차례 운행하고 일요일은 쉰다는 것이었다.

일요일에 철도가 쉰다는 것은 상상도 할 수 없는 일이

다. 사람들이 기차를 가장 많이 이용하는 휴일에 말이다. 어느 나라를 가든 그 나라의 기차는 꼭 한 번쯤 타볼 만하다. 낡고 시간이 많이 걸리기는 하지만 도시를 벗어나서 외곽의 풍광을 볼 수 있기 때문이다. 특히 시골 분위기를 느끼기에 기차만 한 것이 없다. 덜컹거리는 기차 안에서 현지 사람들과 이런저런 이야기를 나누고, 가끔은 우리와 같은 여행자를 만나 서로의 경험담을 털어놓기도 한다. 낯선 사람들 틈에 끼어 낯선 곳을 달리면 어딘가로 떠난다는 기분 좋은 긴장과 설렘에 젖어들 수도 있다. 그러니 기차는 꼭 한 번씩 타볼 만하다.

서두르지 않고, 오늘도 천천히

니카라과와 파나마 사이에서 태평양과 카리브 해를 바라보고 있는 코스타리카는 아름다운 해변이 있고, 국토의 25퍼센트가 국립공원과 보호지역일 만큼 웅장하고 광활하며 때 묻지 않은 자연을 만나볼 수 있다. 하지만 도시의 거리를 보면 썩 발전한 나라도 아니고 크게 볼거리도 많지 않다.

물론 유럽의 대도시처럼 관광객이 많이 모이는 거리에서 예술적 퍼포먼스를 하는 사람들도 있다. 산호세의 국립극장 앞 광장에는 눈에 띄는 차림으로 지나가는 사람들에게 간단한 퍼포먼스를 보여주고 재미있는 포즈도 취하며 함께 웃고 사진을 찍는다. 옷을 풀어헤치고 잠시 쉬다가도 카메라를 들이대면 꼼꼼하게 차림새를 갖추고 포즈를 취해 준다. 하지만 유럽 사람들과 달리 이들은 그 대가로 돈을 챙기지 않는다. 자신도 즐기고 남에게도 기쁨을 주는 것 외에 더 바라는 것이 없다.

코스타리카에서는 아등바등 살아가는 사람들의 모습을 본 적이 없다. 길을 건널 때도, 줄을 설 때도 조급해하지 않고 언제나 느긋하다. 발걸음부터 여유가 넘친다 해도 좋을 것이다. 아무래도 이들의 너그러움은 경제적인 풍요보다는 느긋한 기질에서 비롯된 듯하다.

사람들은 주로 분주한 일상에서 벗어나고자 여행을 떠난다. 느긋하고 여유로운 한때를 그리며 짐을 꾸리지만 막상 떠나면 또다시 종종걸음을 치면서 바삐 움직이게 마련이다. 하지만 카리브 해의 섬에서만큼은 여행의 속도를 늦춰본다. 천천히 걸으면서 만나는 사람들과 이야기를 나누고 웃으며 그들의 방식으로 즐기는 것도 여행의 또 다른 맛이다.

부록

Nice

여행을 떠나기 전에 알아두어야 할 것들

Travel

Tip1. 여행을 떠나기 전에 알아두어야 할 것들

관광보다는 여행

낯선 도시의 거리를 걷거나 기차를 타고 달리는 것을 관광이라고 하지 않는다. 관광은 내게는 생소한 볼거리를 구경하는 것을 말한다. 그런 점에서 보면 여행이 더욱 포괄적이라고 할 수 있다. 관광보다는 여행을 권한다. 유적지나 유명한 건축물, 박물관을 보는 것도 물론 좋지만 현지인들의 일상으로 더 깊이 들어가 보면 얻는 것이 훨씬 많다. 흔히 견문을 넓힌다고 하는데, 다른 문화를 접하다 보면 생각의 폭이 훨씬 넓어진다.

지도 보는 법

지도는, 방위와 축적만 이해하면 된다. 방위는 꼭지 방향이 북쪽을 표시한다. 별도의 표기가 없으면 지도를 펼쳤을 때 내 몸에서 먼 쪽이 북쪽이다. 오른손 쪽은 동쪽이고 왼손 쪽은 서쪽이 되는 것이다. 지도 축척은 1,000분의 1 또는 50,000분의 1 등의 분수나, 1:1,000 또는 1:20,000 등의 대비수로 나타낸다. 지도에 나온 도로에는 번호가 표기되어 있는데 낮은 번호일수록 큰 도로이고 10단위, 100단위, 1000단위는 작은 도로이다. 끝 숫자가 홀수이면 남북으로 통하는 도로이고, 끝 숫자가 짝수이면 동서로 이어지는 도로이다. 이 원칙은 만국 공통이다.

어린아이도 말은 한다

말은 고등교육을 받은 사람만이 하는 것은 아니다. 서너 살 어린아이도 쓸 줄은 몰라도 말은 할 줄 안다. 심지어 아기도 말은 하지 않는가. 처음에는 엄마, 아빠, 물 등의 단어를 흉내 내는 것으로 말을 배운다. 단어를 나열하기는 하지만 문법에 맞게 문장을 만드는 것은 아니다. 그래도 의사소통을 하는 데는 무리가 없다. 문법에 얽매이지 않아도 얼마든지 대화를 나눌 수 있다는 뜻이다.

그 나라의 언어로 공부해보자

굳이 영어나 그 나라 말을 하지 못하더라도 여행을 할 수는 있다. 하지만 현지어로 의사소통이 가능하면 여행지를 속속들이 들여다볼 수 있다. "네가 영어를 배우는 것은 몽골어라는 창문만 있는 방에 영어라는 창문을 새롭게 내는 것과 같으니 그 창을 통해 보는 세상은 몽골어라는 창문으로 보이는 그림과는 전혀 다를 수도 있다는 것을 명심해라." 인터넷을 통해 만나 장기간 무료로 숙식을 제공해 준 푸레브수렌 박사가 자신의 스승에게 들었다면서 해준 말이다. 러시아어의 창을 통해 보는 러시아의 정취는 한국어의 창을 통해 보는 것과는 전혀 다를 것이다.

자동번역기의 한계

여행을 떠나기 전에 그 나라의 언어를 미리 공부한다고 하니 한 분이 '자동번역기가 있는데 굳이 그럴 필요 있느냐'는 반응을 보였다. 2016년에 아내와 여행을 떠나면서 꽤 많은 돈을 주고 자동번역기를 구입했다. 친절을 베풀어준 중국의 젊은이에게 초청의 말을 건넸는데, 그들이 대답한 내용을 자동번역기가 이렇게 전달했다. "안녕하세요.홍라백.나는파도라,우리는몸이아주좋으니당신들은 어떻게할까요?국경절기간에 우리는반드시올것이다.사랑해주셔서감사합니다." 대충 이해할 수는 있지만 띄엄띄엄 단어만 내뱉은 수준에서 크게 벗어나지 않는다.

문법 따위 잊어버리자

우리나라 성인들은 10~15년 동안 영어 공부를 하고서도 '영어를 할 줄 모른다'고 한다. 문법 위주의 교육이 영어에 대한 두려움을 키우고 오히려 멀리하게 만들었는지도 모른다.

어떤 학생이 시험 답안지에 'i skul yesterday go'라고 썼다면 0점을 받을 것이다. 하지만 외국인에게 이렇게 이야기한다고 해서 못 알아듣지는 않는다. 'I visited to the school yesteday'라고 하면 낫겠지만 상대가 이해하는 데는 크게 차이가 없다. 다른 나라에서 내가 구사하는 영어를 듣고 문법을 따질 사람은 없다. 문법에 맞지 않게 단어를 나열하더라도 창피해할 필요 없다. 말이란 상대가 알아듣기만 하면 그만이다. 여행을 가서 영어 시험을 보는 것은 아니지 않은가.

외국어의 비결은 자신감이다

어차피 다른 나라 말을 모국어처럼 하기란 불가능하다. 더구나 그곳에 계속 살 것도 아니고 잠시 여행을 하는데 유창한 실력이 필요하지는 않다. 계속 반복하는 것이지만 외국어는 말만 통하면 된다. 외국어를 잘하는 비결은 자신감이다.

듣기, 말하기, 읽기, 쓰기

말을 하기 위해서는 먼저 들어야 한다. 알아들어야 그에 상응하는 말을 할 수 있기 때문이다. 문장을 달달 외어서 말을 하더라도 상대의 말을 알아듣지 못하면 소통이 되지 않는다. 외국어는 듣기, 말하기, 읽기, 쓰기 순서로 익혀야 한다. 요즘은 기술의 발달로 어학 학습 도구가 무궁무진하다. 현지인들이 녹음한 것도 많고, 현지인과 영상 통화로 공부하는 방법도 있다. 집중해서 듣다 보면 일상적인 기초 대화는 짧은 시간에 충분히 습득할 수 있다.

현지 사람들은 들을 준비가 되어 있다

수많은 언어를 혼자 배우고 현지 사람들과 대화를 나눠보았지만, 언어 능력을 타고났다고 생각해 본 적이 없다. 낯선 나라에서 처음에는 자신감을 가지기 어려울 것이다. 하지만 어떤 나라 사람이든 이방인에게 귀 기울이게 마련이다. 내가 하는 말을 알아듣기 위해 노력하고, 자신들이 하는 말을 내가 알아들을 때까지 몇 번이고 반복하며 기다려준다. 자신감과 여유를 가지면 얼마든지 소통할 수 있다. 오히려 내가 준비되어 있지 않을 뿐 현지 사람들은 얼마든지 나와 소통할 준비가 되어 있다.

영어와 현지어 변환 사전

여행지에 도착하면 맨 먼저 구입하는 것이 영어와 현지어 변환 사전이다. 기본 회화 책 한 권을 몇 차례 반복해서 보면 언어의 구조가 대충 머릿속에 들어온다. 기본적인 단어만 알아도 무수히 활용할 수 있다. 시간이 오래 걸릴 수는 있지만 의사소통을 하는 데는 큰 문제 없다.

한 번 만난 사람도 다시 한 번

그 나라의 말을 할 수 있다면 많은 사람들을 만나서 이야기하고 인연을 맺을 수 있다. 나는 귀국한 이후에도 다른 나라에서 만난 사람들과 소식을 주고받는다. 몇 년이 지나서 또다시 그들을 찾으면 반갑게 맞아주고, 그들이 한국에 오면 우리 집에서 함께 기거하며 여행을 한다. 여행지에서 한 번 이야기를 나누거나 도움을 주고받는 정도로 끝내고 싶지는 않다. 언제나 열린 가슴으로 사람들을 대하면 관계의 폭이 훨씬 넓어지고 포용력도 커진다.

가장 기초적인 필수 단어들

기초적인 단어와 몸짓만으로도 기본적인 의사소통은 가능하다. 기초적인 단어도 그리 많지 않다. 아래의 단어만 익혀도 다른 나라에서 편안히 뒷골목 구경에 나설 수 있다.
예) 인사말, 123인칭의 단복수, 숫자, 시간, 방위(동서남북 좌우상하), 화장실, 시장, 자동차/기차/비행기, 경찰, 가다/오다, 싸다/비싸다, 크다/작다, 많다/적다, 멀다/가깝다, 좋다/나쁘다, 과거/현재/미래, 어제/오늘/내일, 사다/팔다, 누가/언제/어디서/무엇을/왜/어떻게.

Tip2. 배낭여행 시 준비해야 할 사항

음식물

입국한 첫날부터 시장에 가기는 힘들기 때문에 첫날 먹을 음식(쌀, 채소)은 미리 준비해 가는 것이 좋다. 장류는 마트에서 파는 비닐 포장된 된장과 고추장은 오랫동안 보관 가능하므로 1개씩 구입하고, 바로 먹을 것은 작은 플라스틱 병에 담아 새어나오지 않도록 랩으로 꼼꼼하게 포장한다. 올리브 오일, 식초, 참기름 등도 플라스틱병에 담아서 이름을 붙이고 비닐팩에 넣어 새어 나오지 않도록 포장한다. 유리병은 무게가 많이 나가므로 피한다.

김치나 장아찌류는 비닐 팩에 넣어 공기를 완전히 뺀 다음 비닐 팩에 두세 번 더 싸고 랩으로 여러 차례 감아서 포장한다. 김은 2주 정도 여행이면 조미김이 좋지만 장기 여행에는 생김을 준비하는 것이 좋다.

장류	된장, 고추장 1개씩
기본 양념	올리브 오일, 식초, 참기름, 깨소금, 고춧가루, 라면 수프, 깨소금, 고춧가루
밑반찬	김치, 장아찌류(깻잎, 매실), 누룽지가루, 멸치, 황태포, 자른 미역, 김, 콩조림, 멸치볶음, 다시용 조미료(멸치, 새우, 간 다시마)

Tip3. 간단하게 해 먹을 수 있는 요리

한국인은 밥심

장기간 여행에서 입맛을 잃으면 정상적인 컨디션을 발휘할 수 없다. 아무래도 우리 입맛에는 우리 음식이 가장 잘 맞는다. 가끔 한국 음식을 먹고 나면 입맛이 돌고 순간적으로 기운이 솟구칠 때가 있지 않은가. 취사도구와 더불어 된장, 고추장, 고춧가루 등 기본적인 양념을 준비해 가면 한국 음식이 먹고 싶을 때 직접 해 먹을 수도 있고 돈도 절약된다. 점심을 사 먹을 시간이 없거나 이동하는 중간에 식사를 해결해야 할 경우 과일, 김밥, 삶은 감자 등을 준비하면 좋다. 간단하게 해먹을 수 있는 간편식을 소개한다.

황태국	냄비에 황태포와 미역을 넣고 끓이다가 계란을 풀고 소금 간을 한다.
샐러드	양상추, 당근, 토마토, 오이, 파프리카, 닭가슴살(익힌다) 등 현지에서 구입할 수 있는 것들을 사용한다. 먹기 좋게 잘라서 올리브유와 식초를 뿌려서 먹는다.
김밥	김밥은 아침에 밥을 넉넉하게 해서 생김을 4등분하여 충무 김밥처럼 준비한다. 김밥 속은 김치와 매실 장아찌(고추장에 버물린다), 멸치 등을 넣는다.
찌개류	라면 수프나 자연 조미료(청정원 맛선생 자연재료)를 이용해 전기포트로 끓이면 된다.

Tip4. 호텔 예약 시 유의 사항

호텔 예약

입국하는 첫날 묵을 호텔은 한국에서 미리 예약한다. 예약 화면을 캡처해서 저장해 두면 호텔을 찾는 데 도움이 된다. 입국 심사 과정에서 숙소를 확인하므로 반드시 주소를 메모한다.

호텔은 대체로 비용과 시설 및 서비스 수준이 거의 비례한다. 하지만 장기간 여행을 할 경우에는 경제성을 따져야 하므로 무조건 좋은 곳에서만 묵을 수는 없다. 일반적으로 등급은 낮추더라도 그 지역을 둘러보기에 편한 위치로 선정하는 것이 좋다. 위치 또한 주로 이용하는 교통수단에 따라 달라질 수 있다. 지하철에서 가깝지만 가고자 하는 곳이 지하철에서 멀리 떨어져 있다면 크게 이점이 없다. 장기 여행에서는 숙박비를 아껴야 하므로 교통이 편리한 위치의 3성급 호텔 정도가 좋다. 온수와 냉수가 나오고, 에어컨, 화장실, 샤워실이 있는지 확인한다.

와이파이(WiFi) 설비 유무, 유료인지 무료인지, 룸에서 사용 가능한지도 확인해야 한다. 고급 호텔은 별도의 사용료 없이도 룸에서 사용 가능하다. 하지만 등급이 낮은 호텔의 경우 로비에서만 무료로 이용할 수 있고, 룸에서는 따로 비용을 지불해야 한다.

> ※호텔 예약 사이트
> hotels.com, bookings.com. B&B 에어비앤비 www.airbnb.co.kr

가족과 연락하는 법

가족과 연락이 끊어지는 일이 없어야겠지만 해외에서는 시차 문제도 있고 매일 통화하기가 쉽지 않다. 요즘은 와이파이 없는 나라가 없으니 주로 가족 단톡방을 이용한다. 호텔에 도착함과 동시에 주소와 명칭, 전화번호를 올린다. 가끔 통신이 원활하지 않은 지역으로 갈 경우에는 어느 지점에서 언제 연락할 수 있을지를 미리 알려두어야 가족들이 걱정을 덜 수 있다.

Tip5. 현지 병원 이용

갑자기 몸이 아플 때?

여행을 갔을 때는 몸이 아프지 않은 게 최상이지만, 환경이 전혀 다른 곳에서 내 몸이 어떻게 될지는 누구도 장담하지 못한다. 그러니 국내에서 챙겨 갈 수 있는 것은 최대한 준비하는 것이 좋다.

우선 지병이 있는 사람은 몸 상태와 여행지, 여행 기간에 대해 담당의사와 반드시 상의하여 충분한 양의 약을 미리 준비한다. 하지만 의사들은 3개월치 처방전을 끊어주려고 하지 않는다. 그럴 경우를 대비해 수시로 병원에 가서 여러 차례 나눠 받는 방법이 있다.

많은 양의 약은 포장하거나 보관하기도 쉽지 않다. 특히 덥거나 습한 지역에서는 변질 우려도 있다. 이런 경우 약사와 상의해서 소분하지 말고 제조 시의 포장 그대로 가져가 현지에서 조금씩 소분한다. 작은 빈 약병을 준비하면 소분할 때 도움이 된다. 그 밖에 일상적인 긴급 상황에 쓸 수 있는 응급 약품은 반드시 챙겨 가야 한다.

Tip6. 준비물 리스트

여행 시 필요한 준비물

여권	사본 2장, 여권 사진 2장
전자기기	어댑터, 보조 배터리, 핸드폰용 방수팩, 노트북, 드라이기, 셀카봉(옵션)
가방	전기용품만 넣을 수 있는 가벼운 작은 가방(보조 배터리, 충전기, 이어폰, 만능 어댑터, 멀티탭 1밀리용)
겉옷	기능성 바람막이 점퍼 1벌, 얇은 패딩 1벌, 가디건 또는 트렌치코트 1벌, 조끼 1벌, 긴팔 티셔츠 3벌(봄가을용 1벌, 여름용 2벌), 반팔 티셔츠 2벌(기능성 1벌, 면 티셔츠 1벌), 긴 바지 3벌(봄가을용 1벌, 여름용 2벌), 반바지 1벌
속옷	팬티 3벌, 브래지어 3개, 양말 3벌
가방	여행용 가방 : 큰 가방은 바퀴가 있고 급할 경우 배낭처럼 짊어질 수 있고 생활 방수가 되는 것(케리비), 여행용 자물쇠 3개
	배낭용 가방 : 가벼우면서 생활 방수가 되고 수납을 많이 할 수 있는 중간 크기(노트북, 출입국 시에 문제 되지 않는 가벼운 물품 등)
	크로스 가방 : 가벼우면서 생활 방수가 되고 수납이 용이한 것(여권, 돈, 핸드폰, 배터리, 이어폰, 액션캠)
	비상용 가방 : 호텔에 도착한 후 짐들을 사용하기 쉽게 분리 정리하는 데 유용하다.
	기내용 큰 가방 : 출입국 시에 문제가 될 수 있는 물품과 음식, 무거운 물건은 넣지 않는다. 배터리 등은 기내용 가방에 절대 넣으면 안 된다.

신발	편한 신발(운동화), 슬리퍼
비상약	혈압약, 당뇨약, 반창고, 물파스, 설사약, 두통약, 호랑이 연고, 모기 기피제 등
잡화	비옷, 우산, 모자, 마스크, 목도리, 장갑, 선크림, 화장품, 선글라스, 치약 칫솔, 샤워 타월, 수건, 비누, 샴푸류, 면도기, 손톱깎이, 가위, 옷핀 10개, 빨랫줄 1개, 메모지, 필기도구, 고무밴드
기타	여행용 전기냄비, 전기냄비가 들어가는 스테인리스 그릇 1개, 숟가락 2벌, 젓가락 2벌, 칼집이 있는 작은 칼 1개, 중간 크기 가위 1개, 얇고 가벼운 도마 1개, 나무젓가락 1벌, 1회용 접시, 국그릇, 행주, 수세미, 비상용 비닐팩 대·중·소 5장씩

나는 5년 후에 퇴사하고 싶다

지민 지음 | 14,000원

빛나는 인생 2막을 위해
지금부터 5년 후 퇴직을 준비하라!

"퇴직 후 어떻게 살아야 하는가?" 100세 시대 은퇴 이후의 삶을 고민하는 사람들이 많다. 이 책은 100세 시대 퇴사를 준비하고 있거나 진행 중인 사람, 은퇴 이후의 인생을 사는 사람들을 위해 저자는 주간, 월간, 분기, 연 단위로 시간을 전략적으로 경영하여 내 인생의 주인이 되는 방법, 퇴사 준비는 회사에 다니면서 시작하는 퇴직 준비의 원리, 퇴직 후 생활을 대비한 습관을 만들기 등을 알려준다. 지금의 회사를 당장 때려치울 것인지, 참고 다닐 것인지 매일 고민에 휩싸여본 사람이라면 현실적인 퇴직 준비에 관한 조언을 얻을 수 있을 것이다.

서드 피리어드

장영환 지음 | 13,800원

100세 시대, 60세 이후 세 번째 인생을 준비하라
3040이 반드시 갖추어야 할 34가지 생존 기술!

100세 시대 우리나라 국민 중 퇴직 후 생활이 준비된 사람은 불과 2.2퍼센트에 불과하다. 준비가 안 된 사람들에게 100세 시대는 축복이 아닌 공포로 느껴지고 있다. 은퇴 이후에 어떤 준비를 해야 할지 걱정되는 직장인을 위해 저자는 인생의 생애주기를 4단계로 나누어, 각 단계의 연령대에 따라 어떤 기준으로 준비해야 하는지 상세하고 구체적으로 설명하고 있다. 퇴직 이후를 걱정하는 이들에게 이 책은 생존을 위한 경제적인 능력과 함께 가치 있는 삶을 어떻게 준비해야 하는지 길을 제시해줄 것이다.